# 日常生活頌歌

得半日之閒，抵十年塵夢

把生活當作一種藝術，
微妙地美地生活

# 目錄

# 日常飯粥，盡有滋味

# 愛這可愛的東西

## 只想緩緩走著，看沿路的景色

# 編後記

把生活當作一種藝術，微妙地美地生活。

「忙裡偷閒，苦中作樂」，在不完全的現世享樂一點美與和諧，在剎那間體會永久。

我覺得睡覺或飲酒喝茶不是可以輕蔑的事，因為也是生活之一部分。

百餘年前日本有一個藝術家是精通茶道的，有一回去旅行，每到驛站必取出茶具，悠然的點起茶來自喝。有人規勸他說，行旅中何必如此，他答得好，「行旅中難道不是生活麼。」

這樣想的人才真能尊重並享樂他的生活。

我們於日用必需的東西以外，必須還有一點無用的遊戲與享樂，生活才覺得有意思。

我們看夕陽，看秋河，看花，聽雨，聞香，喝不求解渴的酒，吃不求飽的點心，都是生活上必要的 —— 雖然是無用的裝點，而且是愈精煉愈好。

為得要使生活與工作不疲敝而有效率，這種休養是必要的，不過這裡似乎也不可不有個限制，正如在一切事上一樣，即是這必須是自由的，不，自己要自由，還要以他人的自由為界。

有些人種花聊以消遣，有些人種花志在賣錢，真種花者以種花為其生活，—— 而花亦未嘗不美，未嘗於人無益。

喝茶當於瓦屋紙窗之下，清泉綠茶，用素雅的陶瓷茶具，同二三人共飲，得半日之閒，可抵十年的塵夢。

臥在烏篷船裡，靜聽打篷的雨聲，加上欸乃的櫓聲以及「靠塘來，靠下去」的呼聲，卻是一種夢似的詩境。

涅槃之樂不如飲一杯淡酒。

我所愛的還只是平常。

# 本書代序：生活之藝術

契訶夫（Chekhov）書簡集中有一節道（那時他在璦琿附近旅行）：「我請一個中國人到酒店裡喝燒酒，他在未飲之前舉杯向著我和酒店主人及夥計們，說道『請』。這是中國的禮節。他並不像我們那樣的一飲而盡，卻是一口一口的啜，每啜一口，吃一點東西；隨後給我幾個中國銅錢，表示感謝之意。這是一種怪有禮的民族。⋯⋯」

一口一口的啜，這的確是中國僅存的飲酒的藝術：乾杯者不能知酒味，泥醉者不能知微醺之味。中國人對於飲食還知道一點享用之術，但是一般的生活之藝術卻早已失傳了。中國生活的方式現在只是兩個極端，非禁慾即是縱慾，非連酒字都不准說即是浸身在酒槽裡，二者互相反動，各益增長，而其結果則是同樣的汙糟。動物的生活本有自然的調節，中國在千年以前文化發達，一時頗有臻於靈肉一致之象，後來為禁慾思想所戰勝，變成現在這樣的生活，無自由，無節制，一切在禮教的面具底下實行迫壓與放恣，實在所謂禮者早已消滅無存了。

生活不是很容易的事。動物那樣的，自然地簡易地生活，是其一法；把生活當作一種藝術，微妙地美地生活，又是一法：二者之外別無道路，有之則是禽獸之下的亂調的生活了。生活之藝術只在禁慾與縱慾的調和。靄理士（Havelock Ellis）對

於這個問題很有精到的意見，他排斥宗教的禁慾主義，但以為禁慾亦是人性的一面；歡樂與節制二者並存，且不相反而實相成。人有禁慾的傾向，即所以防歡樂的過量，並即以增歡樂的程度。他在《聖芳濟與其他》一篇論文中曾說道，「有人以此二者（即禁慾與耽溺）之一為其生活之唯一目的者，其人將在尚未生活之前早已死了。有人先將其一（耽溺）推至極端，再轉而之他，其人才真能了解人生是什麼，日後將被記念為模範的高僧。但是始終尊重這二重理想者，那才是知生活法的明智的大師。……一切生活是一個建設與破壞，一個取進與付出，一個永遠的構成作用與分解作用的循環。要正當地生活，我們須得模仿大自然的豪華與嚴肅。」他又說過，「生活之藝術，其方法只在於微妙地混和取與捨二者而已」，更是簡明的說出這個意思來了。

生活之藝術這個名詞，用中國固有的字來說便是所謂禮。斯諦耳博士在《儀禮》序上說：「禮節並不單是一套儀式，空虛無用，如後世所沿襲者。這是用以養成自制與整飭的動作之習慣，唯有能領解萬物感受一切之心的人才有這樣安詳的容止。」從前聽說辜鴻銘先生批評英文「禮記」譯名的不妥當，以為「禮」不是 Rite 而是 Art，當時覺得有點乖僻，其實卻是對的，不過這是指本來的禮，後來的禮儀禮教都是墮落了的東西，不足當這個稱呼了。中國的禮早已喪失，只有如上文所說，還略存於茶酒之間而已。去年有西人反對上海禁娼，以為妓院是中

國文化所在的地方，這句話的確難免有點荒謬，但仔細想來也不無若干理由。我們不必拉扯唐代的官妓，希臘的「女友」（Hetaira）的韻事來作辯護，只想起某外人的警句，「中國挾妓如西洋的求婚，中國娶妻如西洋的宿娼」，或者不能不感到《愛的藝術》（*Ars Amatoria*）真是只存在草野之間了。我們並不同某西人那樣要保存妓院，只覺得在有些怪論裡邊，也常有真實存在罷了。

中國現在所切要的是一種新的自由與新的節制，去建造中國的新文明，也就是復興千年前的舊文明，也就是與西方文化的基礎之希臘文明相合一了。這些話或者說的太大太高了，但據我想捨此中國別無得救之道，宋以來的道學家的禁慾主義總是無用的了，因為這只足以助成縱慾而不能收調節之功。其實這生活的藝術在有禮節重中庸的中國本來不是什麼新奇的事物，如《中庸》的起頭說，「天命之謂性，率性之謂道，修道之謂教」，照我的解說即是很明白的這種主張。不過後代的人都只拿去講章旨節旨，沒有人實行罷了。我不是說半部《中庸》可以濟世，但以表示中國可以了解這個思想。日本雖然也很受到宋學的影響，生活上卻可以說是承受平安朝的系統，還有許多唐代的流風餘韻，因此了解生活之藝術也更是容易。在許多風俗上日本的確保存這藝術的色彩，為我們中國人所不及，但由道學家看來，或者這正是他們的缺點也未可知罷。

本書代序：生活之藝術

# 得半日之閒，抵十年塵夢

## 喝茶

前回徐志摩先生在平民中學講「喫茶」 —— 並不是胡適之先生所說的「吃講茶」 —— 我沒有工夫去聽，又可惜沒有見到他精心結構的講稿，但我推想他是在講日本的「茶道」（英文譯作 Teaism），而且一定說的很好，茶道的意思，用平凡的話來說，可以稱作「忙裡偷閒，苦中作樂」，在不完全的現世享樂一點美與和諧，在剎那間體會永久，是日本之「象徵的文化」裡的一種代表藝術。關於這一件事，徐先生一定已有透澈巧妙的解說，不必再來多嘴，我現在所想說的，只是我個人的很平常的喝茶罷了。

喝茶以綠茶為正宗。紅茶已經沒有什麼意味，何況又加糖 —— 與牛奶？吉辛（George Gissing）的《四季隨筆》（*Private Papers of Henry Ryecroft*）確是很有趣味的書，但「冬之卷」裡說及飲茶，以為英國家庭裡下午的紅茶與奶油麵包是一日中最大的樂事，支那飲茶已歷千百年，未必能領略此種樂趣與實益的萬分之一，則我殊不以為然。紅茶帶「土斯」未始不可吃，但這只是當飯，在肚飢時食之而已；我的所謂喝茶，卻是在喝清茶，在賞鑒其色與香與味，意未必在止渴，自然更不在果腹了。中國古昔曾吃過煎茶及抹茶，現在所用的都是泡茶，岡倉覺三在《茶之書》（*Book of Tea*，一九一九）裡很巧妙的稱之曰「自然主義的茶」，所以我們所重的即在這自然之妙味。中國人上茶

館去，左一碗右一碗的喝了半天，好像是剛從沙漠裡回來的樣子，頗合於我的喝茶的意思（聽說閩粵有所謂吃工夫茶者自然也有道理），只可惜近來太是洋場化，失了本意，其結果成為飯館子之流，只在鄉村間還保存一點古風，唯是屋宇器具簡陋萬分，或者但可稱為頗有喝茶之意，而未可許為已得喝茶之道也。

　　喝茶當於瓦屋紙窗之下，清泉綠茶，用素雅的陶瓷茶具，同二三人共飲，得半日之閒，可抵十年的塵夢。喝茶之後，再去繼續修各人的勝業，無論為名為利，都無不可，但偶然的片刻優遊乃正亦斷不可少。中國喝茶時多吃瓜子，我覺得不很適宜；喝茶時可吃的東西應當是輕淡的「茶食」。中國的茶食卻變了「滿漢餑餑」，其性質與「阿阿兜」相差無幾，不是喝茶時所吃的東西了。日本的點心雖是豆米的成品，但那優雅的形色，樸素的味道，很合於茶食的資格，如各色的「羊羹」（據上田恭輔氏考據，說是出於中國唐時的羊肝餅），尤有特殊的風味。江南茶館中有一種「乾絲」，用豆腐乾切成細絲，加薑絲醬油，重湯燉熱，上澆麻油，出以供客，其利益為「堂倌」所獨有。豆腐乾中本有一種「茶乾」，今變而為絲，亦頗與茶相宜。在南京時常食此品，據云有某寺方丈所製為最，雖也曾嘗試，卻已忘記，所記得者乃只是下關的江天閣而已。學生們的習慣，平常「乾絲」既出，大抵不即食，等到麻油再加，開水重換之後，始行舉箸，最為合式，因為一到即罄，次碗繼至，不遑應酬，否則

麻油三澆，旋即撤去，怒形於色，未免使客不歡而散，茶意都消了。

吾鄉昌安門外有一處地方，名三腳橋（實在並無三腳，乃是三出，因以一橋而跨三汊的河上也），其地有豆腐店曰周德和者，製茶乾最有名。尋常的豆腐乾方約寸半，厚三分，值錢二文，周德和的價值相同，小而且薄，幾及一半，黝黑堅實，如紫檀片。我家距三腳橋有步行兩小時的路程，故殊不易得，但能吃到油炸者而已。每天有人挑擔設爐鑊，沿街叫賣，其詞曰：

辣醬辣，
麻油炸，
紅醬搽，
辣醬拓：
周德和格五香油炸豆腐乾。

其製法如上所述，以竹絲插其末端，每枚值三文。豆腐乾大小如周德和，而甚柔軟，大約系常品，唯經過這樣烹調，雖然不是茶食之一，卻也不失為一種好豆食。── 豆腐的確也是極樂的佳妙的食品，可以有種種的變化，唯在西洋不會被領解，正如茶一般。

日本用茶淘飯，名曰「茶漬」，以醃菜及「澤庵」（即福建的黃土蘿蔔，日本澤庵法師始傳此法，蓋從中國傳去）等為佐，很有清淡而甘香的風味。中國人未嘗不這樣吃，唯其原因，非由窮困即為節省，殆少有故意往清茶淡飯中尋其固有之味者，此所以為可惜也。

## 關於苦茶

去年春天偶然做了兩首打油詩，不意在上海引起了一點風波，大約可以與今年所謂中國本位的文化宣言相比，不過有這差別，前者大家以為是亡國之音，後者則是國家將興必有禎祥罷了。此外也有人把打油詩拿來當作歷史傳記讀，如字的加以檢討，或者說玩骨董那必然有些鐘鼎書畫吧，或者又相信我專喜談鬼，差不多是蒲留仙一流人。這些看法都並無什麼用意，也於名譽無損，用不著聲明更正，不過與事實相遠這一節總是可以奉告的。其次有一件相像的事，但是卻頗愉快的，一位友人因為記起吃苦茶的那句話，順便買了一包特種的茶葉拿來送我。這是我很熟的一個朋友，我感謝他的好意，可是這茶實在太苦，我終於沒有能夠多吃。

據朋友說這叫做苦丁茶。我去查書，只在日本書上查到一點，雲系山茶科的常綠灌木，幹粗，葉亦大，長至三四寸，晚秋葉腋開白花，自生山地間，日本名曰唐茶（Tocha），一名龜甲茶，漢名皋蘆，亦云苦丁。趙學敏《本草綱目拾遺》卷六云：

> 角刺茶，出徽州。土人二三月採茶時兼采十大功勞葉，俗名老鼠刺，葉曰苦丁，和勻同炒，焙成茶，貨與尼庵，轉售富家婦女，云婦人服之終身不孕，為斷產第一妙藥也。每斤銀八錢。

案十大功勞與老鼠刺均系五加皮樹的別名，屬於五加科，

又是落葉灌木，雖亦有苦丁之名，可以製茶，似與上文所說不是一物，況且友人也不說這茶喝了可以節育的。再查類書關於皋蘆卻有幾條，《廣州記》云：

> 皋蘆，茗之別名，葉大而澀，南人以為飲。

又《茶經》有類似的話云：

> 南方有瓜蘆木，亦似茗，至苦澀，取為屑茶飲亦可通夜不眠。

《南越志》則云：

> 茗苦澀，亦謂之過羅。

此木蓋出於南方，不見經傳，皋蘆云云本係土俗名，各書記錄其音耳。但是這是怎樣的一種植物呢，書上都未說及，我只好從茶壺裡去拿出一片葉子來，彷彿製臘葉似的弄得乾燥平直了，仔細看時，我認得這乃是故鄉常種的一種墳頭樹，方言稱作枸檏樹的就是，葉長二寸，寬一寸二分，邊有細鋸齒，其形狀的確有點像龜殼。原來這可以泡茶吃的，雖然味大苦澀，不但我不能多吃，便是且將就齋主人也只喝了兩口，要求泡別的茶吃了。但是我很覺得有興趣，不知道在白菊花以外還有些什麼葉子可以當茶？《毛詩草木鳥獸蟲魚疏》「山有栲」一條下云：

> 山樗生山中，與下田樗大略無異，葉似差狹耳，吳人以其葉為茗。

《五雜俎》卷十一云：

以綠豆微炒，投沸湯中傾之，其色正綠，香味亦不減新茗，宿村中覓茗不得者可以此代。

此與現今炒黑豆作咖啡正是一樣。又云：

北方柳芽初苗者採之入湯，云其味勝茶。曲阜孔林楷木其芽可烹。閩中佛手柑橄欖為湯，飲之清香，色味亦旗槍之亞也。

卷十「記孔林楷木」條下云：

其芽香苦，可烹以代茗，亦可乾而茹之，即俗云黃連頭。

孔林吾未得瞻仰，不知楷木為何如樹，唯黃連頭則少時嘗茹之，且頗喜歡吃，以為有福建橄欖豉之風味也。關於以木芽代茶，《湖雅》卷二亦有二則云：

桑芽茶，案山中有木俗名新桑薆，採嫩芽可代茗，非蠶所食之桑也。

柳芽茶，案柳芽亦採以代茗，嫩碧可愛，有色而無香味。

汪謝城此處所說與謝在杭不同，但不佞卻有點左袒汪君，因為其味勝茶的說法覺得不大靠得住也。

許多東西都可以代茶，咖啡等洋貨還在其外，可是我只感到好玩，有這些花樣，至於我自己還只覺得茶好，而且茶也以綠的為限，紅茶以至香片嫌其近於咖啡，這也別無多大道理，單因為從小在家裡吃慣本山茶葉耳。口渴了要喝水，水裡照例泡進茶葉去，吃慣了就成了規矩，如此而已。對於茶有什麼特

別瞭解，賞識，哲學或主義麼？這未必然。一定喜歡苦茶，非苦的不喝麼？這也未必然。那麼為什麼詩裡那麼說，為什麼又叫做庵名，豈不是假話麼？那也未必然。今世雖不出家亦不打誑語。必要說明，還是去小學上找罷。吾友沈兼士先生有詩為證，題曰〈又和一首自調〉，此係後半首也：

> 端透於今變澄徹，魚模自古讀歌麻。
> 眼前一例君須記，茶苦原來即苦茶。

## 談酒

這個年頭兒，喝酒倒是很有意思的。我雖是京兆人，卻生長在東南的海邊，是出產酒的有名地方。我的舅父和姑父家裡時常做幾缸自用的酒，但我終於不知道酒是怎麼做法，只覺得所用的大約是糯米，因為兒歌裡說，「老酒糯米做，吃得變nionio」——末一字是本地叫豬的俗語。做酒的方法與器具似乎都很簡單，只有煮的時候的手法極不容易，非有經驗的工人不辦，平常做酒的人家大抵聘請一個人來，俗稱「酒頭工」，以自己不能喝酒者為最上，叫他專管鑑定煮酒的時節。有一個遠房親戚，我們叫他「七斤公公」——他是我舅父的族叔，但是在他家裡做短工，所以舅母只叫他作「七斤老」，有時也聽見她叫「老七斤」，是這樣的酒頭工，每年去幫人家做酒，他喜吸旱煙，說玩話，打麻將，但是不大喝酒（海邊的人喝一兩碗是不算

能喝，照市價計算也不值十文錢的酒），所以生意很好，時常跑一二百里路被招到諸暨嵊縣去。據他說這實在並不難，只須走到缸邊屈著身聽，聽見裡邊起泡的聲音切切察察的，好像是螃蟹吐沫（兒童稱為「蟹煮飯」）的樣子，便拿來煮就得了；早一點酒還未成，遲一點就變酸了。但是怎麼是恰好的時期，別人仍不能知道，只有聽熟的耳朵才能夠斷定，正如古董家的眼睛辨別古物一樣。

大人家飲酒多用酒盅，以表示其斯文，實在是不對的。正當的喝法是用一種酒碗，淺而大，底有高足，可以說是古已有之的香檳杯。平常起碼總是兩碗，合一「串筒」，價值似是六文一碗。串筒略如倒寫的凸字，上下部如一與三之比，以洋鐵為之，無蓋無嘴，可倒而不可篩，據好酒家說酒以倒為正宗，篩出來的不大好吃。唯酒保好於量酒之前先「蕩」（置水於器內，搖盪而洗滌之謂）串筒，蕩後往往將清水之一部分留在筒內，客嫌酒淡，常起爭執，故喝酒老手必先戒堂倌勿蕩串筒，並監視其量好放在溫酒架上。能飲者多索竹葉青，通稱曰「本色」，「元紅」係狀元紅之略，則著色者，唯外行人喜飲之。在外省有所謂花雕者，唯本地酒店中卻沒有這樣東西。相傳昔時人家生女，則釀酒貯花雕（一種有花紋的酒罈）中，至女兒出嫁時用以餉客，但此風今已不存，嫁女時偶用花雕，也只臨時買元紅充數，飲者不以為珍品。有些喝酒的人預備家釀，卻有極好的，

每年做醇酒若干罈，按次第埋園中，二十年後掘取，即每歲皆得飲二十年陳的老酒了。此種陳酒例不發售，故無處可買，我只有一回在舊日業師家裡喝過這樣好酒，至今還不曾忘記。

我既是酒鄉的一個土著，又這樣的喜歡談酒，好像一定是個與「三酉」結不解緣的酒徒了。其實卻大不然。我的父親是很能喝酒的，我不知道他可以喝多少，只記得他每晚用花生米、水果等下酒，且喝且談天，至少要花費兩點鐘，恐怕所喝的酒一定很不少了。但我卻是不肖，不，或者可以說有志未逮，因為我很喜歡喝酒而不會喝，所以每逢酒宴我總是第一個醉與臉紅的。自從辛酉患病後，醫生叫我喝酒以代藥餌，定量是勃蘭地每回二十格蘭姆，葡萄酒與老酒等倍之，六年以後酒量一點沒有進步，到現在只要喝下一百格蘭姆的花雕，便立刻變成關夫子了。（以前大家笑談稱作「赤化」，此刻自然應當謹慎，雖然是說笑話。）有些有不醉之量的，愈飲愈是臉白的朋友，我覺得非常可以欣羨，只可惜他們愈能喝酒便愈不肯喝酒，好像是美人之不肯顯示她的顏色，這實在是太不應該了。

黃酒比較的便宜一點，所以覺得時常可以買喝，其實別的酒也未嘗不好。白干於我未免過凶一點，我喝了常怕口腔內要起泡，山西的汾酒與北京的蓮花白雖然可喝少許，也總覺得不很和善。日本的清酒我頗喜歡，只是彷彿新酒模樣，味道不很靜定。蒲桃酒與橙皮酒都很可口，但我以為最好的還是勃蘭

地。我覺得西洋人不很能夠瞭解茶的趣味,至於酒則很有工夫,絕不下於中國。天天喝洋酒當然是一個大的漏卮,正如吸菸卷一般,但不必一定進國貨黨,咬定牙根要抽淨絲,隨便喝一點什麼酒其實都是無所不可的,至少是我個人這樣的想。

喝酒的趣味在什麼地方?這個我恐怕有點說不明白。有人說,酒的樂趣是在醉後的陶然的境界。但我不很了解這個境界是怎樣的,因為我自飲酒以來似乎不大陶然過,不知怎的我的醉大抵都只是生理的,而不是精神的陶醉。所以照我說來,酒的趣味只是在飲的時候,我想悅樂大抵在做的這一剎那,倘若說是陶然那也當是杯在口的一刻吧。醉了,睏倦了,或者應當休息一會兒,也是很安舒的,卻未必能說酒的真趣是在此間。昏迷,夢魘,囈語,或是忘卻現世憂患之一法門;其實這也是有限的,倒還不如把宇宙性命都投在一口美酒裡的耽溺之力還要強大。我喝著酒,一面也懷著「杞天之慮」,生恐強硬的禮教反動之後將引起頹廢的風氣,結果是借醇酒婦人以避禮教的迫害,沙寧 (Sanin) 時代的出現不是不可能的。但是,或者在中國什麼運動都未必徹底成功,青年的反撥力也未必怎麼強盛,那麼杞天終於只是杞天,仍舊能夠讓我們喝一口非耽溺的酒也未可知。倘若如此,那時喝酒又一定另外覺得很有意思了罷?

## 苦雨

伏園兄：

　　北京近日多雨，你在長安道上不知也遇到否，想必能增你旅行的許多佳趣。雨中旅行不一定是很愉快的，我以前在杭滬車上時常遇雨，每感困難，所以我於火車的雨不能感到什麼興味，但臥在烏篷船裡，靜聽打篷的雨聲，加上欸乃的櫓聲以及「靠塘來，靠下去」的呼聲，卻是一種夢似的詩境。倘若更大膽一點，仰臥在腳划小船內，冒雨夜行，更顯出水鄉住民的風趣，雖然較為危險，一不小心，拙劣地轉一個身，便要使船底朝天。二十多年前往東浦吊先父的保姆之喪，歸途遇暴風雨，一葉扁舟在白鵝似的波浪中間滾過大樹港，危險極也愉快極了。我大約還有好些「為魚」時候 —— 至少也是斷髮紋身時候的脾氣，對於水頗感到親近，不過北京的泥塘似的許多「海」實在不很滿意，這樣的水沒有也並不怎麼可惜。你往「陝半天」去似乎要走好兩天的準沙漠路，在那時候倘若遇見風雨，大約是很舒服的，遙想你胡坐騾車中，在大漠之上，大雨之下，喝著四打之內的汽水，悠然進行，可以算是「不亦快哉」之一。但這只是我的空想，如詩人的理想一樣地靠不住，或者你在騾車中遇雨，很感困難，正在叫苦連天也未可知，這須等你回京後問你再說了。

　　我住在北京，遇見這幾天的雨，卻叫我十分難過。北京向

來少雨，所以不但雨具不很完全，便是家屋構造，於防雨亦欠周密。除了真正富翁以外，很少用實堆磚牆，大抵只用泥牆抹灰敷衍了事。近來天氣轉變，南方酷寒而北方淫雨，因此兩方面的建築上都露出缺陷。一星期前的雨把後園的西牆淋坍，第二天就有「梁上君子」來摸索北房的鐵絲窗，從次日起趕緊邀了七八位匠人，費兩天工夫，從頭改築，已經成功十分八九，總算可以高枕而臥，前夜的雨卻又將門口的南牆沖倒二三丈之譜。這回受驚的可不是我了，乃是川島君「渠們」倆，因為「梁上君子」如再見光顧，一定是去躲在「渠們」的窗下竊聽的了。為消除「渠們」的不安起見，一等天氣晴正，急須大舉地修築，希望日子不至於很久，這幾天只好暫時拜託川島君的老弟費神代為警護罷了。

　　前天十足下了一夜的雨，使我夜裡不知醒了幾遍。北京除了偶然有人高興放幾個爆仗以外，夜裡總還安靜，那樣嘩喇嘩喇的雨聲在我的耳朵已經不很聽慣，所以時常被它驚醒，就是睡著也彷彿覺得耳邊黏著麵條似的東西，睡的很不痛快。還有一層，前天晚間據小孩們報告，前面院子裡的積水已經離臺階不及一寸，夜裡聽著雨聲，心裡糊裡糊塗地總是想水已上了臺階，浸入西邊的書房裡了。好容易到了早上五點鐘，赤腳撐傘，跑到西屋一看，果然不出所料，水浸滿了全屋，約有一寸深淺，這才嘆了一口氣，覺得放心了；倘若這樣興高采烈地跑去，一看卻沒有水，恐怕那時反覺得失望，沒有現在那樣的滿

足也說不定。幸而書籍都沒有濕，雖然是沒有什麼價值的東西，但是濕成一餅一餅的紙糕，也很是不愉快。現今水雖已退，還留下一種漲過大水後的普通的臭味，固然不能留客坐談，就是自己也不能在那裡寫字，所以這封信是在裡邊炕桌上寫的。

　　這回的大雨，只有兩種人最是喜歡。第一是小孩們。他們喜歡水，卻極不容易得到，現在看見院子裡成了河，便成群結隊地去「淌河」去。赤了足伸到水裡去，實在很有點冷，但他們不怕，下到水裡還不肯上來。大人見小孩們玩的有趣，也一個兩個地加入，但是成績卻不甚佳，那一天裡滑倒了三個人，其中兩個都是大人 —— 其一為我的兄弟，其一是川島君。第二種喜歡下雨的則為蛤蟆。從前同小孩們往高亮橋去釣魚釣不著，只捉了好些蛤蟆，有綠的，有花條的，拿回來都放在院子裡，平常偶叫幾聲，在這幾天裡便整日叫喚，或者是荒年之兆，卻極有田村的風味。有許多耳朵皮嫩的人，很惡喧囂，如麻雀蛤蟆或蟬的叫聲，凡足以妨礙他們的甜睡者，無一不痛惡而深絕之，大有欲滅此而午睡之意，我覺得大可以不必如此，隨便聽聽都是很有趣味的，不但是這些久成詩料的東西，一切鳴聲其實都可以聽。蛤蟆在水田裡群叫，深夜靜聽，往往變成一種金屬音，很是特別，又有時彷彿是狗叫，古人常稱蛙蛤為吠，大約也是從實驗而來。我們院子裡的蛤蟆現在只見花條的一種，它的叫聲更不漂亮，只是格格格這個叫法，可以說是革音，平

常自一聲至三聲，不會更多，唯在下雨的早晨，聽它一口氣叫上十二三聲，可見它是實在喜歡極了。

這一場大雨恐怕在鄉下的窮朋友是很大的一個不幸，但是我不曾親見，單靠想像是不中用的，所以我不去虛偽地代為悲嘆了。倘若有人說這所記的只是個人的事情，於人生無益，我也承認，我本來只想說個人的私事，此外別無意思。今天太陽已經出來，傍晚可以出外去游嬉，這封信也就不再寫下去了。

我本等著看你的秦遊記，現在卻由我先寫給你看，這也可以算是「意表之外」的事罷。

## 雨的感想

今年夏秋之間北京的雨下的不太多，雖然在田地裡並不旱干，城市中也不怎麼苦雨，這是很好的事。北京一年間的雨量本來頗少，可是下得很有點特別，他把全年份的三分之二強在六七八月中間落了，而七月的雨又幾乎要占這三個月份總數的一半。照這個情形說來，夏秋的苦雨是很難免的。在民國十三年和二十七年，院子裡的雨水上了階沿，進到西書房裡去，證實了我的苦雨齋的名稱，這都是在七月中下旬，那種雨勢與雨聲想起來也還是很討嫌，因此對於北京的雨我沒有什麼好感，像今年的雨量不多，雖是小事，但在我看來自然是很可感謝的了。

不過講到雨，也不是可以一口抹殺，以為一定是可嫌惡的。這須得分別言之，與其說時令，還不如說要看地方而定。在有些地方，雨並不可嫌惡，即使不必說是可喜。囫圇的說一句南方，恐怕不能得要領，我想不如具體的說明，在到處有河流，滿街是石板路的地方，雨是不覺得討厭的，那裡即使會漲大水，成水災，也總不至於使人有苦雨之感。我的故鄉在浙東的紹興，便是這樣的一個好例。在城裡，每條路差不多有一條小河平行著，其結果是街道上橋很多，交通利用大小船隻，民間飲食洗濯依賴河水，大家才有自用井，蓄雨水為飲料。河岸大抵高四五尺，下雨雖多盡可容納，只有上游水發，而閘門淤塞，下流不通，成為水災，但也是田野鄉村多受其害，城裡河水是不至於上岸的。因此住在城裡的人遇見長雨，也總不必擔心水會灌進屋子裡來，因為雨水都流入河裡，河固然不會得滿，而水能一直流去，不至停住在院子或街上者，則又全是石板路的關係。我們不曾聽說有下水溝渠的名稱，但是石板路的構造彷彿是包含有下水計劃在內的，大概石板底下都用石條架著，無論多少雨水全由石縫流下，一總到河裡去。人家裡邊的通路以及院子即所謂明堂也無不是石板，室內才用大方磚砌地，俗名曰地平。在老家裡有一個長方的院子，承受南北兩面樓房的雨水，即使下到四十八小時以上，也不見他停留一寸半寸的水，現在想起來覺得很是特別。秋季長雨的時候，睡在一間小樓上或是書房內，整夜的聽雨聲不絕，固然是一種喧囂，

卻也可以說是一種蕭寂，或者感覺好玩也無不可，總之不會得使人憂慮的。吾家濂溪先生有一首〈夜雨書窗〉的詩云：

秋風掃暑盡，半夜雨淋漓。
繞屋是芭蕉，一枕萬響圍。
恰似釣魚船，篷底睡覺時。

這詩裡所寫的不是浙東的事，但是情景大抵近似，總之說是南方的夜雨是可以的吧。在這裡便很有一種情趣，覺得在書室聽雨如睡釣魚船中，倒是很好玩似的。下雨無論久暫，道路不會泥濘，院落不會積水，用不著什麼憂慮，所有的唯一的憂慮只是怕漏。大雨急雨從瓦縫中倒灌而入，長雨則瓦都濕透了，可以浸潤緣入，若屋頂破損，更不必說，所以雨中搬動面盆水桶，羅列滿地，承接屋漏，是常見的事。民間故事說不怕老虎只怕漏，生出偷兒和老虎猴子的糾紛來，日本也有虎狼古屋漏的傳說，可見此怕漏的心理分佈得很是廣遠也。

下雨與交通不便本是很相關的，但在上邊所說的地方也並不一定如此。一般交通既然多用船隻，下雨時照樣的可以行駛，不過篷窗不能推開，坐船的人看不到山水村莊的景色，或者未免氣悶，但是閉窗坐聽急雨打篷，如周濂溪所說，也未始不是有趣味的事。再說舟子，他無論遇見如何的雨和雪，總只是一蓑一笠，站在後艄搖他的櫓，這不要說什麼詩味畫趣，卻是看去總毫不難看，只覺得辛勞質樸，沒有車夫的那種拖泥帶水之感。還有一層，雨中水行同平常一樣的平穩，不會像陸行

的多危險，因為河水固然一時不能驟增，即使增漲了，如俗語所云，水漲船高，別無什麼害處，其唯一可能的影響乃是橋門低了，大船難以通行，若是一人兩槳的小船，還是往來自如。水行的危險蓋在於遇風，春夏間往往於晴明的午後陡起風暴，中小船隻在河港闊大處，又值舟子缺少經驗，易於失事，若是雨則一點都不要緊也。坐船以外的交通方法還有步行。雨中步行，在一般人想來總是很困難的吧，至少也不大愉快。在鋪著石板路的地方，這情形略有不同。因為是石板路的緣故，既不積水，亦不泥濘，行路困難已經幾乎沒有，餘下的事只須防濕便好，這有雨具就可濟事了。從前的人出門必帶釘鞋雨傘，即是為此，只要有了雨具，又有腳力，在雨中要走多少里都可隨意，反正地面都是石板，城坊無須說了，就是鄉村間其通行大道至少有一塊石板寬的路可走，除非走入小路岔道，並沒有泥濘難行的地方。本來防濕的方法最好是不怕濕，赤腳穿草鞋，無往不便利平安，可是上策總難實行，常人還只好穿上釘鞋，撐了雨傘，然後安心的走到雨中去。我有過好多回這樣的在大雨中間行走，到大街裡去買吃食的東西，往返就要花兩小時的工夫，一點都不覺得有什麼困難。最討厭的還是夏天的陣雨，出去時大雨如注，石板上一片流水，很高的釘鞋齒踏在上邊，有如低板橋一般，倒也頗有意思，可是不久雲收雨散，石板上的水經太陽一曬，隨即乾涸，我們走回來時把釘鞋踹在石板路上嘎啷嘎啷的響，自己也覺得怪寒傖的，街頭的野孩子見了又

要起鬨，說是旱地烏龜來了。這是夏日雨中出門的人常有的經驗，或者可以說是關於釘鞋雨傘的一件頂不愉快的事情吧。

以上是我對於雨的感想，因了今年北京夏天不大下雨而引起來的。但是我所說的地方的情形也還是民國初年的事，現今一定很有變更，至少路上石板未必保存得住，大抵已改成蹩腳的馬路了吧。那麼雨中步行的事便有點不行了，假如河中還可以行船，屋下水溝沒有閉塞，在篷底窗下可以平安的聽雨，那就已經是很可喜幸的了。

## 北平的春天

北平的春天似乎已經開始了，雖然我還不大覺得。立春已過了十天，現在是七九六十三的起頭了，布衲攤在兩肩，窮人該有欣欣向榮之意。光緒甲辰即一九〇四年小除那時我在江南水師學堂曾作一詩云：

一年倏就除，風物何淒緊。百歲良悠悠，白日催人盡。既不為大椿，便應如朝菌。一死息群生，何處問靈蠢。

但是第二天除夕我又做了這樣一首云：

東風三月煙花好，涼意千山雲樹幽，冬最無情今歸去，明朝又得及春遊。

這詩是一樣的不成東西，不過可以表示我總是很愛春天的。春天有什麼好呢，要講他的力量及其道德的意義，最好去

查盲詩人愛羅先珂的抒情詩的演說，那篇世界語原稿是由我筆錄，譯本也是我寫的，所以約略都還記得，但是這裡謄錄自然也更可不必了。春天的是官能的美，是要去直接領略的，關門歌頌一無是處，所以這裡抽象的話暫且割愛。

且說我自己的關於春的經驗，都是與遊有相關的。古人雖說以鳥鳴春，但我覺得還是在別方面更感到春的印象，即是水與花木。迂闊的說一句，或者這正是活物的根本的緣故罷。小時候，在春天總有些出遊的機會，掃墓與香市是主要的兩件事，而通行只有水路，所在又多是山上野外，那麼這水與花木自然就不會缺少的。香市是公眾的行事，禹廟南鎮香爐峰為其代表，掃墓是私家的，會稽的烏石頭調馬場等地方至今在我的記憶中還是一種代表的春景。庚子年三月十六日的日記云：

晨坐船出東郭門，挽纖行十里，至繞門山，今稱東湖，為陶心雲先生所創修，堤計長二百丈，皆植千葉桃垂柳及女貞子各樹，遊人頗多。又三十里至富盛埠，乘兜轎過市行三里許，越嶺，約千餘級。山上映山紅牛郎花甚多，又有蕉藤數株，著花蔚藍色，狀如豆花，結實即刀豆也，可入藥。路旁皆竹林，竹萌之出土者粗於碗口而長僅二三寸，頗為可觀。忽聞有聲如雞鳴，閣閣然，山谷皆響，問之轎夫，云係雄雞叫也。又二里許過一溪，闊數丈，水沒及骭，舁者亂流而渡，水中圓石顆顆，大如鵝卵，整潔可喜。行一二里至墓所，松柏夾道，頗稱閎壯。方祭時，小雨簌簌落衣袂間，幸即晴霽。下山午餐，下午開船。將進城門，忽天色如墨，雷電並作，大雨傾注，至家不息。

　　舊事重提，本來沒有多大意思，這裡只是舉個例子，說明我春遊的觀念而已。我們本是水鄉的居民，平常對於水不覺得怎麼新奇，要去臨流賞玩一番，可是生平與水太相習了，自有一種情分，彷彿覺得生活的美與悅樂之背景裡都有水在，由水而生的草木次之，禽蟲又次之。我非不喜禽蟲，但他總離不了草木，不但是吃食，也實是必要的寄託，蓋即使以鳥鳴春，這鳴也得在枝頭或草原上才好，若是雕籠金鎖，無論怎樣的鳴得起勁，總使人聽了索然興盡也。

　　話休煩絮。到底北平的春天怎麼樣了呢。老實說，我住在北京和北平已將二十年，不可謂不久矣，對於春遊卻並無什麼經驗。妙峰山雖熱鬧，尚無暇瞻仰，清明郊遊只有野哭可聽耳。北平缺少水氣，使春光減了成色，而氣候變化稍劇，春天似不曾獨立存在，如不算他是夏的頭，亦不妨稱為冬的尾，總之風和日暖讓我們著了單袷可以隨意徜徉的時候真是極少，剛覺得不冷就要熱了起來了。不過這春的季候自然還是有的。第一，冬之後明明是春，且不說節氣上的立春也已過了。第二，生物的發生當然是春的證據，牛山和尚詩雲，「春叫貓兒貓叫春」是也。人在春天卻只是懶散，雅人稱曰「春困」，這似乎是別一種表示。所以北平到底還是有他的春天，不過太慌張一點了，又欠腴潤一點，叫人有時來不及嘗他的味兒，有時嘗了覺得稍枯燥了，雖然名字還叫做春天，但是實在就把他當作冬的

尾，要不然便是夏的頭，反正這兩者在表面上雖差得遠，實際上對於不大承認他是春天原是一樣的。

我倒還是愛北平的冬天。春天總是故鄉的有意思，雖然這是三四十年前的事，現在怎麼樣我不知道。至於冬天，就是三四十年前的故鄉的冬天我也不喜歡：那些手腳生凍瘃，半夜裡醒過來像是懸空掛著似的上下四旁都是冷氣的感覺，很不好受，在北平的紙糊過的屋子裡就不會有的。在屋裡不苦寒，冬天便有一種好處，可以讓人家做事，手不僵凍，不必炙硯呵筆，於我們寫文章的人大有利益。北平雖幾乎沒有春天，我並無什麼不滿意，蓋吾以冬讀代春遊之樂久矣。

## 烏篷船

子榮君：

接到手書，知道你要到我的故鄉去，叫我給你一點什麼指導。老實說，我的故鄉，真正覺得可懷戀的地方，並不是那裡；但是因為在那裡生長，住過十多年，究竟知道一點情形，所以寫這一封信告訴你。

我所要告訴你的，並不是那裡的風土人情，那是寫不盡的，但是你到那裡一看也就會明白的，不必囉唆地多講。我要說的是一種很有趣的東西，這便是船。你在家鄉平常總坐人力車，電車，或是汽車，但在我的故鄉那裡這些都沒有，除了在

城內或山上是用轎子以外，普通代步都是用船。船有兩種，普通坐的都是「烏篷船」，白篷的大抵作航船用，坐夜航船到西陵去也有特別的風趣，但是你總不便坐，所以我就可以不說了。烏篷船大的為「四明瓦」（Symenngoa），小的為腳划船（划讀uoa），亦稱小船。但是最適用的還是在這中間的「三道」，亦即三明瓦。篷是半圓形的，用竹片編成，中夾竹箬，上塗黑油，在兩扇「定篷」之間放著一扇遮陽，也是半圓的，木作格子，嵌著一片片的小魚鱗，徑約一寸，頗有點透明，略似玻璃而堅韌耐用，這就稱為明瓦。三明瓦者，謂其中艙有兩道，後艙有一道明瓦也。船尾用櫓，大抵兩支，船首有竹篙，用以定船。船頭著眉目，狀如老虎，但似在微笑，頗滑稽而不可怕，唯白篷船則無之。三道船篷之高大約可以使你直立，艙寬可以放下一頂方桌，四個人坐著打馬將，── 這個恐怕你也已學會了罷？小船則真是一葉扁舟，你坐在船底席上，篷頂離你的頭有兩三寸，你的兩手可以擱在左右的舷上，還把手都露出在外邊。在這種船裡彷彿是在水面上坐，靠近田岸去時泥土便和你的眼鼻接近，而且遇著風浪，或是坐得少不小心，就會船底朝天，發生危險，但是也頗有趣味，是水鄉的一種特色。不過你總可以不必去坐，最好還是坐那三道船罷。

你如坐船出去，可是不能像坐電車的那樣性急，立刻盼望走到。倘若出城，走三四十里路（我們那裡的里程是很短，一里才及英里三分之一），來回總要預備一天。你坐在船上，應該

是遊山的態度，看看四周物色，隨處可見的山，岸旁的烏桕，河邊的紅蓼和白蘋，魚舍，各式各樣的橋，睏倦的時候睡在艙中拿出隨筆來看，或者沖一碗清茶喝喝。偏門外的鑑湖一帶，賀家池，壺觴左近，我都是喜歡的，或者往婁公埠騎驢去遊蘭亭（但我勸你還是步行，騎驢或者於你不很相宜），到得暮色蒼然的時候進城上都掛著薛荔的東門來，倒是頗有趣味的事。倘若路上不平靜，你往杭州去時可於下午開船，黃昏時候的景色正最好看，只可惜這一帶地方的名字我都忘記了。夜間睡在艙中，聽水聲櫓聲，來往船隻的招呼聲，以及鄉間的犬吠雞鳴，也都很有意思。雇一隻船到鄉下去看廟戲，可以了解中國舊戲的真趣味，而且在船上行動自如，要看就看，要睡就睡，要喝酒就喝酒，我覺得也可以算是理想的行樂法。只可惜講維新以來這些演劇與迎會都已禁止，中產階級的低能人別在「布業會館」等處建起「海式」的戲場來，請大家買票看上海的貓兒戲。這些地方你千萬不要去。—— 你到我那故鄉，恐怕沒有一個人認得，我又因為在教書不能陪你去玩，坐夜船，談閒天，實在抱歉而且惆悵。川島君夫婦現在偶山下，本來可以給你紹介，但是你到那裡的時候他們恐怕已經離開故鄉了。初寒，善自珍重，不盡。

# 石板路

石板路在南邊可以說是習見的物事，本來似乎不值得提起來說，但是住在北京久了，現在除了天安門前的一段以外，再也見不到石路，所以也覺似有點稀罕。南邊石板路雖然普通，可是在自己最為熟悉，也最有興趣的，自然要算是故鄉的，而且還是三十年前那時候的路，因為我離開家鄉就已將三十年，在這中間石板恐怕都已變成了粗惡的馬路了吧。案寶慶《會稽續志》卷一街衢云：

越為會府，衢道久不修治，遇雨泥淖幾於沒膝，往來病之。守汪綱亟命計置工石，所至繕砌，浚治其湮塞，整齊其欹崎，除巷陌之穢汙，復河渠之便利，道塗堤岸，以至橋梁，靡不加葺，坦夷如砥，井裡嘉嘆。

乾隆《紹興府志》卷七引〈康熙志〉云：

國朝以來衢路益修潔，自市門至委巷，粲然皆石甃，故海內有天下紹興街之謠。然而生齒日繁，闤闠充斥，居民日夕侵占，以廣市廛，初聯接飛簷，後竟至丈餘，為居貨交易之所，一人作俑，左右傚尤，街之存者僅容車馬。每遇雨霽雪消，一線之徑，陽焰不能射入，積至五六日猶泥淖，行者苦之。至冬殘歲晏，鄉民雜遝，到城貿易百物，肩摩趾躡，一失足則腹背為人蹂躪。康熙六十年知府俞卿下令辟之，以石牌坊中柱為界，使行人足以往來。

查志載汪綱以宋嘉定十四年權知紹興府，至清康熙六十年整整是五百年，那街道大概就一直整理得頗好，又過二百年

直至清末還是差不多。我們習慣了也很覺得平常，原來卻有天下紹興街之謠，這是在現今方才知道。小時候聽唱山歌，有一首云：

> 知了喳喳叫，石板兩頭翹，
> 懶惰女客困旰覺。

知了即是蟬的俗名，盛夏蟬鳴，路上石板都熱得像木板曬乾，兩頭翹起。又有歌述女僕的生活，主人乃是大家，其門內是一塊石板到底。由此可知在民間生活上這石板是如何普遍，隨處出現。我們又想到七星岩的水石宕，通稱東湖的繞門山，都是從前開採石材的遺蹟，在繞門山左近還正在採鑿著，整座的石山就要變成平地，這又是別一個證明。普通人家自大門內凡是走路一律都是石板，房內用磚鋪地，或用大方磚名曰地平，貧家自然也多只是泥地，但凡路必用石，即使在小村裡也有一條石板路，闊只二尺，僅夠行走。至於城內的街無不是石，年久光滑不便於行，則鑿去一層，雨後即著舊釘鞋行走其上亦不虞顛仆，更不必說穿草鞋的了。街市之雜遝仍如舊志所說，但店家侵占並不多見，只是在大街兩邊，就店外擺攤者極多，大抵自軒亭口至江橋，幾乎沿路接聯不斷，中間空路也就留存得有限。從前越中無車馬，水行用船，陸行用轎，所以如改正舊文，當云僅容肩輿而已。這些擺攤的當然有好些花樣，不曉得如今為何記不清楚，這不知究竟是為了年老健忘，還是嘴饞眼饞的緣故，記得最明白的卻是那些水果攤子，滿臺擺滿

了秋白梨和蘋果，一堆一角小洋，商人大張著嘴在那裡嚷著叫賣。這種呼聲也很值得記錄，可惜也忘記了，只記得一點大意。石天基《笑得好》中有一則笑話，題目是〈老虎詩〉，其文曰：

> 一人向眾誇說，我見一首虎詩，做得極好極妙，止得四句詩，便描寫已盡。旁人請問，其人曰，頭一句是甚的甚的虎，第二句是甚的甚的苦，旁人又曰，既是上二句忘了，可說下二句罷。其人仰頭想了又想，乃曰，第三句其實忘了，還虧第四句記得明白，是很得很的意思。

市聲本來也是一種歌謠，失其詞句，只存意思，便與這老虎詩無異。叫賣的說東西賤，意思原是尋常，不必多來記述，只記得有一個特殊的例：賣秋白梨的大漢叫賣一兩聲，頻高呼曰，來馱哉，來馱哉，其聲甚急迫。這三個字本來也可以解為請來拿吧，但從急迫的聲調上推測過去，則更像是警戒或告急之詞，所以顯得他很是特別。他的推銷法亦甚積極，如有長衫而不似寒酸或嗇刻的客近前，便云，拿幾堆去吧。不待客人說出數目，已將臺上兩個一堆或三個一堆的梨頭用右手攪亂歸併，左手即抓起竹絲所編三文一隻的苗籃來，否則亦必取大荷葉捲成漏鬥狀，一堆兩堆的盡往裡裝下去。客人連忙阻止，並說出需要的堆數，早已來不及，普通的顧客大抵不好固執，一定要他從荷葉包裡拿出來再擺好在臺上，所以只阻止他不再加入，原要兩堆如今已是四堆，也就多花兩個角子算了。俗語云，搹賣情銷，上邊所說可以算作一個實例。路邊除水果外一

定還有些別的攤子，大概因為所賣貨色小時候不大親近，商人又不是那麼大嚷大叫，所以不大注意，至今也就記不起來了。

與石板路有關聯的還有那石橋。這在江南是山水風景中的一個重要分子，在畫面上可以時常見到。紹興城裡的西邊自北海橋以次，有好些大的圓洞橋，可以入畫，老屋在東郭門內，近處便很缺少了，如張馬橋，都亭橋，大雲橋，塔子橋，馬梧橋等，差不多都只有兩三級，有的還與路相平，底下只可通小船而已。禹跡寺前的春波橋是個例外，這是小圓洞橋，但其下可以通行任何烏篷船，石級也當有七八級了。雖然凡橋雖低而兩欄不是牆壁者，照例總有天燈用以照路，不過我所明了記得的卻又只是春波橋，大約因為橋較大，天燈亦較高的緣故吧。這乃是一支木竿高約丈許，橫木上著板制人字屋脊，下有玻璃方龕，點油燈，每夕以繩上下懸掛。翟晴江《無不宜齋稿》卷一〈甘棠村雜詠〉之十七〈詠天燈〉云：

> 冥冥風雨宵，孤燈一槓揭。螢光散空虛，燦逾田燭設。夜間歸人稀，隔林自明滅。

這所說是杭州的事，但大體也是一樣。在民國以前，屬於慈善性的社會事業，由民間有志者主辦，到後來恐怕已經消滅了吧。其實就是在那時候，天燈的用處大半也只是一種裝點，夜間走路的人除了夜行人外，總須得自攜燈籠，單靠天燈是絕不夠的。拿了「便行」燈籠走著，忽見前面低空有一點微光，預告這裡有一座石橋了，這當然也是有益的，同時也是有趣味的事。

## 鳥聲

古人有言，「以鳥鳴春」。現在已過了春分，正是鳥聲的時節了，但我覺得不大能夠聽到，雖然京城的西北隅已經近於鄉村。這所謂鳥當然是指那飛鳴自在的東西，不必說雞鳴咿咿鴨鳴呷呷的家奴，便是熟番似的鴿子之類也算不得數，因為他們都是忘記了四時八節的了。我所聽見的鳥鳴只有檐頭麻雀的啾唧，以及槐樹上每天早來的啄木的乾笑 —— 這似乎都不能報春，麻雀的太瑣碎了，而啄木又不免多一點乾枯的氣味。

英國詩人那許（Nashe）有一首詩，被錄在所謂《名詩選》（*Golden Treasury*）的卷首。他說，春天來了，百花開放，姑娘們跳舞著，天氣溫和，好鳥都歌唱起來，他列舉四樣鳥聲：

Cuckoo, jug-jug, pu-we, to-witta-woo！

這九行的詩實在有趣，我卻總不敢譯，因為怕一則譯不好，二則要譯錯。現在只抄出一行來，看那四樣是什麼鳥。第一種是勃姑，書名鳲鳩，他是自呼其名的，可以無疑了。第二種是夜鶯，就是那林間的「發痴的鳥」，古希臘女詩人稱之曰「春之使者，美音的夜鶯」，他的名貴可想而知，只是我不知道他到底是什麼東西。我們鄉間的黃鶯也會「翻叫」，被捕後常因想念妻子而急死，與他西方的表兄弟相同，但他要吃小鳥，而且又不發痴地唱上一夜以至於嘔血。第四種雖似異怪乃是貓頭鷹。第三種則不大明了，有人說是蚊母鳥，或云是田鳧，但據

斯密士的《鳥的生活與故事》第一章所說係小貓頭鷹。倘若是真的，那麼四種好鳥之中貓頭鷹一家已占其二了。斯密士說這二者都是褐色貓頭鷹，與別的怪聲怪相的不同，他的書中雖有圖像，我也認不得這是鴟是鴞還是流離之子，不過總是貓頭鷹之類罷了。兒時曾聽見他們的呼聲，有的聲如貨郎的搖鼓，有的恍若連呼「掘窪」（Dzhuehuoang），俗云不祥主有死喪，所以聞者多極懊惱，大約此風古已有之，查檢觀頰道人的《小演雅》，所錄古今禽言中不見有貓頭鷹的話。然而仔細回想，覺得那些叫聲實在並不錯，比任何風聲簫聲鳥聲更為有趣，如詩人謝勒（Shelley）所說。

現在，就北京來說，這幾樣鳴聲都沒有，所有的還只是麻雀和啄木鳥。老鴰，鄉間稱云烏老鴉，在北京是每天可以聽到的，但是一點風雅氣也沒有，而且是通年噪聒，不知道他是那一季的鳥。麻雀和啄木鳥雖然唱不出好的歌來，在那瑣碎和乾枯之中到底還含一些春氣；唉唉，聽那不討人歡喜的烏老鴉叫也已夠了，且讓我們歡迎這些鳴春的小鳥，傾聽他們的談笑罷。

「啾唶，啾唶！」

「嘎嘎！」

## 談娛樂

我不是清教徒，並不反對有娛樂。明末謝在杭著《五雜俎》
卷二有云：

> 大抵習俗所尚，不必強之，如競渡遊春之類，小民多有衣
> 食於是者，損富家之羨鎰以度貧民之餬口，非徒無益有損比也。

清初劉繼莊著《廣陽雜記》卷二云：

> 余觀世之小人未有不好唱歌看戲者，此性天中之《詩》與
> 《樂》也。未有不看小說聽說書者，此性天中之《書》與《春秋》
> 也。未有不信占卜祀鬼神者，此性天中之《易》與《禮》也。聖
> 人六經之教原本人情，而後之儒者乃不能因其勢而利導之，百
> 計禁止遏抑，務以成周之芻狗茅塞人心，是何異塞川使之不
> 流，無怪其決裂潰敗也。夫今之儒者之心為芻狗之所塞也久
> 矣，而以天下大器使之為之，愛以圖治，不亦難乎。

又清末徐仲可著《大受堂札記》卷五云：

> 兒童叟嫗皆有歷史觀念。於何征之，征之於吾家。光緒丙
> 申居蕭山，吾子新六方七齡，自塾歸，老傭趙餘慶於燈下告以
> 戲劇所演古事如《三國志》、《水滸傳》等，新六聞之手舞足蹈。
> 乙丑居上海，孫大春八齡，女孫大慶九齡大庚六齡，皆喜就楊
> 嫗王嫗聽談話，所語亦戲劇中事，楊京兆人謂之曰講古今，王
> 紹興人謂之曰說故事，三孩端坐傾聽，樂以忘寢。珂於是知戲
> 劇有啟牖社會之力，未可以淫盜之事導人入於歧途，且又知力
> 足以延保姆者之尤有益於兒童也。

三人所說都有道理，徐君的話自然要算最淺，不過社會教

育的普通話，劉君能看出六經的本相來，卻是絕大見識，這一方面使人知道民俗之重要性，別一方面可以少開儒者一流的茅塞，是很有意義的事。謝君談民間習俗而注意經濟問題，也很可佩服，這與我不贊成禁止社戲的意思相似，雖然我並不著重消費的方面，只是覺得生活應該有張弛，高攀一點也可以說不過是柳子厚題〈毛穎傳〉裡的有些話而已。

我所謂娛樂的範圍頗廣，自競渡遊春以至講古今，或坐茶店，站門口，嗑瓜子，抽旱煙之類，凡是生活上的轉換，非負擔而是一種享受者，都可算在裡邊，為得要使生活與工作不疲敝而有效率，這種休養是必要的，不過這裡似乎也不可不有個限制，正如在一切事上一樣，即是這必須是自由的，不，自己要自由，還要以他人的自由為界。娛樂也有自由，似乎有點可笑，其實卻並不然。娛樂原來也是嗜好，本應各有所偏愛，不會統一，所以正當的娛樂須是各人所最心愛的事，我們不能干涉人家，但人家亦不該來強迫我們非附和不可。我是不反對人家聽戲的，雖然這在我自己是素所厭惡的東西之一，這個態度至少在最近二十年中一點沒有改變。其實就是說好唱歌看戲是性天中之《詩》與《樂》的劉繼莊，他的態度也未嘗不如此，如《廣陽雜記》卷二有云：

> 飯後益冷，沽酒群飲，人各二三杯而止，亦皆醺然矣。飲訖，某某者忽然不見，詢之則知往東塔街觀劇矣。噫，優人如鬼，村歌如哭，衣服如乞兒之破絮，科諢如潑婦之罵街，猶有人焉，沖寒久立以觀之，則聲色之移人，固有不關美好者矣。

又卷三云：

　　亦舟以優觴款予，劇演《玉連環》，楚人強作吳歈，醜拙至不可忍。予向極苦觀劇，今值此酷暑如焚，村優如鬼，兼之惡釀如藥，而主人之意則極誠且敬，必不能不終席，此生平之一劫也。

　　劉君所厭棄者初看似是如鬼之優人，或者有上等聲色亦所不棄，但又云向極苦觀劇，則是性所不喜歡也。有人沖寒久立以觀潑婦之罵街，亦有人以優觴相款為生平一劫，於此可見物性不齊，不可勉強，務在處分得宜，趨避有道，皆能自得，斯為善耳。不佞對於廣陽子甚有同情，故多引用其語，差不多也就可以替我說話。不過他的運氣還比較的要好一點，因為那時只有人請他吃酒看戲，這也不會是常有的事，為敷衍主人計忍耐一下，或者還不很難，幾年裡碰見一兩件不如意事豈不是人生所不能免的麼。優觴我不曾遇著過，被邀往戲園裡去看當然是可能的，但我們可以謝謝不去，這就是上文所說還有避的自由也。譬如古今書籍浩如煙海，任人取讀，有些不中意的，如卑鄙的應制宣傳文，荒謬的果報錄，看不懂的詩文等，便可乾脆拋開不看，並沒人送到眼前來，逼著非讀不可。戲文是在戲園裡邊，正如鴉片是在某種國貨店裡，白面在某種洋行裡一樣，喜歡的人可以跑去買，若是閉門家裡坐，這些貨色是不會從頂棚上自己掉下來的。現在的世界進了步了，我們的運氣便要比劉繼莊壞得多，蓋無線電盛行，幾乎隨時隨地把戲文及其

他擅自放進人家裡來，吵鬧得著實難過，有時真使人感到道地
的絕望。去年五月間我寫過一篇〈北平的好壞〉，曾講到這件
事，有云：

> 我反對舊劇的意見不始於今日，不過這只是我個人的意
> 見，自己避開戲園就是了，本不必大聲疾呼，想去警世傳道，
> 因為如上文所說，趣味感覺各人不同，往往非人力所能改變，
> 固不特鴉片小腳為然也。但是現在情形有點不同了，自從無線
> 電廣播發達以來，出門一望但見四面多是歪斜碎裂的竹竿，街
> 頭巷尾充滿著非人世的怪聲，而其中以戲文為最多，簡直使人
> 無所逃於天地之間，非硬聽京戲不可，此種壓迫實在比苛捐雜
> 稅還要難受。

> 我這裡只舉戲劇為例，事實上還有大鼓書，也為我所同樣
> 的深惡痛絕的東西。本來我只在友人處聽過一回大鼓書，留聲
> 機片也有兩張劉寶全的，並不覺得怎麼可厭，這一兩個月裡比
> 鄰整夜的點電燈並開無線電，白天則全是大鼓書，我的耳朵裡
> 充滿了野卑的聲音與單調的歌詞，猶如在頭皮上不斷的滴水，
> 使我對於這有名的清口大鼓感覺十分的厭惡，只要聽到那崩崩
> 的鼓聲，就覺得滿身不愉快。我真佩服這種強迫的力量，能夠
> 使一個人這樣確實的從中立轉到反對的方面去。這裡我得到兩
> 個教訓的結論。宋季雅日，百萬買宅，千萬買鄰。這的確是一
> 句有經驗的話。孔仲尼日，己所不欲，勿施於人。這句話雖
> 好，卻還只有一半，己之所欲勿妄加諸人，也是同樣的重要，
> 我願世人於此等處稍為吝嗇點，不要隨意以鐘鼓享爰居，庶幾
> 亦是一種忠恕之道也。

## 骨董小記

　　從前偶然做了兩首打油詩，其中有一句云，「老去無端玩骨董」，有些朋友便真以為我有些好古董，或者還說有古玩一架之多。我自己也有點不大相信了，在苦雨齋裡仔細一查，果然西南角上有一個書廚，架上放著好些 ── 玩意兒。這書廚的格子窄而且深，全廚寬只一公尺三五，卻分作三份，每份六格，每格深二三公分，放了「四六判」的書本以外大抵還可空餘八公分，這點地方我就利用了來陳列小小的玩具。這總計起來有二十四件，現在列記於下。

* 竹製黑貓一，高七公分，寬三公分。竹製龍舟一，高八公分，長七公分，是一個友人從長崎買來送我的。竹木製香爐各一，大的高十公分，小者六公分，都從東安市場南門內攤上買來。

* 土木製偶人共九，均日本新制，有雛人形，博多人形，仿御所人形各種，有「暫」、「鳥邊山」、「道成寺」各景，高自三至十六公分。松竹梅土製白公雞一，高三公分。

* 面人三，隆福寺街某氏所制，魁星高六公分，孟浩然連所跨毛驢共高四公分，長眉大仙高四公分，孟浩然後有小童杖頭挑壺盧隨行，後有石壁，外加玻璃盒，價共四角。擱在齋頭已將一年，面人幸各無恙，即大仙細如蛛絲的白眉亦尚如故，真可謂難得也。

＊ 陶製舟一，高六公分，長十二公分，底有印曰一休庵。篷作草苫，可以除去，其中可裝柳木小剔牙籤，船頭列珊瑚一把，蓋係「寶船」也。又貝殼舟一，象舟人著蓑笠持篙立筏上，以八棱牙貝九個，三貝相套為一列，三列成筏，以瓦楞子作蓑，梅花貝作笠，黃核貝作舟人的身子，篙乃竹枝。今年八月游江之島，以十五錢買得之，雖不及在小湊所買貝人形「挑水」之佳，卻也別有風致，蓋挑水似豔麗的人物畫，而此船則是水墨山水中景物也。

＊ 古明器四，碓灶豬人各一也。碓高二公分，寬四公分，長十三公分。灶高八公分半，寬九公分。豬高五公分，長十一公分。人高十二公分。大抵都是唐代製品，在洛陽出土的。又自製陶器花瓶一，高八公分，中徑八公分，上下均稍小，題字曰：忍過事堪喜。甲戌八月十日在江之島書杜牧之句制此，知堂。底長方格內文曰，苦茶庵自用品。其實這是在江之島對岸的片瀨所製，在素坯上以破筆蘸藍寫字，當場現燒，價二十錢也。

＊ 方銅鏡一，高廣各十一公分，背有正書銘十六字，文曰：既虛其中，亦方其外，一塵不染，萬物皆備。其下一長方印，篆文曰薛晉侯造。

總算起來，只有明器和這鏡可以說是古董。薛晉侯鏡之外還有一面，雖然沒有放在這一起，也是我所喜歡的。鏡作葵花

八瓣形，直徑寬處十一公分半，中央有長方格，銘兩行曰：湖州石十五郎煉銅照子。明器自羅振玉的圖錄後已著於錄，薛石的鏡子更是文獻足徵了。汪日楨《湖雅》卷九云：

〈烏程劉志〉：湖之薛鏡馳名，薛杭人而業於湖，以磨鏡必用湖水為佳。案薛名晉侯，字惠公，明人，向時稱薛惠公老店，在府治南宣化坊。

又云：

〈西吳枝乘〉：鏡以吳興為良，其水清冽能發光也。予在婺源購得一鏡，水銀血斑滿面，開之止半面，光如上弦之月。背鑄字兩行云，湖州石十三郎自照青銅監子，十二字，乃唐宋殉葬之物也。鏡以監子名，甚奇。案宋人避敬字嫌名，改鏡曰照子，亦曰鑑子，監即鑑之省文，何足為異。此必宋製，與唐無涉，且明云自照，乃生時所用，亦非殉葬物也。

梁廷柟《藤花亭鏡譜》卷四亦已錄有石氏製鏡，文曰：

南唐石十姐鏡：葵花六瓣，全體平素，右作方格而中分之，識分兩行，凡十有二字，正書，曰，湖州石十姐摹煉銅作此照子。予嘗見姚雪逸司馬衡藏一器，有柄，識曰，湖州石念二叔照子。又見兩拓本，一云，湖州石十五郎煉銅照子，一云，湖州石十四郎作照子，並與此大同小異，此云十姐，則石氏兄弟姊妹鹹擅此技矣。云照子者亦唯石氏有之，古不過稱鑑稱鏡而已。石氏南唐人，據姚司馬考之如此。

南唐人本無避宋諱之理，且湖州在宋前也屬於吳越，不屬南唐，梁氏自己亦以為疑，但深信姚司馬考據必有所本，定為南唐，未免是千慮一失了。

　　但是我總還不很明白骨董究竟應該具什麼條件。據說骨董原來只是說古器物，那麼凡是古時的器物便都是的，雖然這時間的問題也還有點麻煩。例如鉅鹿出土的宋大觀年代的器物當然可以算作骨董了，那些陶器大家都知寶藏，然而午門樓上的板桌和板椅真是歷史上的很好材料，卻總沒法去放在書房裡做裝飾，固然難找得第二副，就是想放也是枉然。由此看來，古器物中顯然可以分兩部分，一是古物，二仍是古物，但較小而可玩者，因此就常被稱為古玩者是也。鏡與明器大抵可以列入古玩之部罷，其餘那些玩物，可玩而不古，那麼當然難以冒扳華宗了。古玩的趣味，在普通玩物之上又加上幾種分子。其一是古。古的好處何在，各人說法不同，要看他是那一類的人。假如這是宗教家派的復古家，古之所以可貴者便因其與理想的天國相近。假如這是科學家派的考古家，他便覺得高興，能夠在這些遺物上窺見古時生活的一瞥。不佞並不敢自附於那一派，如所願則還在那別無高古的理想與熱烈的情感的第二種人。我們看了宋明的鏡子未必推測古美人的梳頭勻面，「頗涉遐想」，但藉此知道那時照影用的是有這一種式樣，就得滿足，於形色花樣之外又增加一點興味罷了。再說古玩的價值其二是稀。物以稀為貴，現存的店鋪還要標明只此一家以見其名貴，何況古物，書誇孤本，正是應該。不過在這一點上我不甚贊同，因為我所有的都是常有多有的貨色，大抵到每一個古董攤頭去一張望即可發見有類似品的。此外或者還可添加一條，其

三是貴。稀則必貴，此一理也。貴則必好，大官富賈買古物如金剛寶石然，此又一理也。若不佞則無從措辭矣，贊成乎？無錢；反對乎？殆若酸蒲桃。總而言之，我所有的雖也難說賤卻也絕不貴。明器在國初幾乎滿街皆是，一個一隻洋耳，鏡則都在紹興從大坊口至三埭街一帶地方得來，在銅店櫃頭雜置舊鎖鑰匙小件銅器的匣中檢出，價約四角至六角之譜，其為我買來而不至被烊改作銅火爐者，蓋偶然也。然亦有較貴者，小偷阿桂攜來一鏡，背作月宮圖，以一元買得，此鏡《藤花亭鏡譜》亦著錄，定為唐製，但今已失去。

玩骨董者應具何種條件？此亦一問題也。或曰，其人應極舊。如是則表裡統一，可以養性。或曰，其人須極新。如是則世間諒解，可以免罵。此二說恐怕都有道理，不佞不能速斷。但是，如果二說成立其一，於不佞皆大不利，無此資格而玩骨董，不佞亦自知其不可矣。

## 買墨小記

　　我的買墨是壓根兒不足道的。不但不曾見過邵格之，連吳天章也都沒有，怎麼夠得上說墨，我只是買一點兒來用用罷了。我寫字多用毛筆，這也是我落伍之一，但是習慣了不能改，只好就用下去，而毛筆非墨不可，又只得買墨。本來墨汁是最便也最經濟的，可是膠太重，不知道用的什麼煙，難保沒有「化學」的東西，寫在紙上常要發青，寫稿不打緊，想要稍保存的就很不合適了。買一錠半兩的舊墨，磨來磨去也可以用上一個年頭，古人有言，非人磨墨墨磨人，似乎感慨係之，我只引來表明墨也很禁用，並不怎麼不上算而已。

　　買墨為的是用，那麼一年買一兩半兩就夠了。這話原是不錯的，事實上卻不容易照辦，因為多買一兩塊留著玩玩也是人情之常。據閒人先生在《談用墨》中說：「油煙墨自光緒五年以前皆可用。」凌宴池先生的《清墨說略》曰：「墨至光緒二十年，或曰十五年，可謂遭亙古未有之浩劫，蓋其時礦質之洋煙輸入，……

　　墨法遂不可復問。」所以從實用上說，「光緒中葉」以前的製品大抵就夠我們常人之用了，實在我買的也不過光緒至道光的，去年買到幾塊道光乙未年的墨，整整是一百年，磨了也很細黑，覺得頗喜歡，至於乾嘉諸老還未敢請教也。這樣說來，墨又有什麼可玩的呢？道光以後的墨，其字畫雕刻去古益遠，

殆無可觀也已，我這裡說玩玩者乃是別一方面，大概不在物而在人，亦不在工人而在主人，去墨本身已甚遠而近於收藏名人之著書矣。

我的墨裡最可記念的是兩塊「曲園先生著書之墨」，這是民廿三春間我做那首「且到寒齋吃苦茶」的打油詩的時候平伯送給我的。墨的又一面是春在堂三字，印文曰程氏掬莊，邊款曰，光緒丁酉仲春鞠莊精選清煙。

其次是一塊圓頂碑式的松煙墨，邊款曰，鑑瑩齋珍藏。正面篆文一行云，同治九年正月初吉，背文云，績溪胡甘伯會稽趙撝叔校經之墨，分兩行寫，為趙手筆。趙君在《謫麟堂遺集》敘目中云，「歲在辛未，余方入都居同歲生胡甘伯寓屋」，即同治十年，至次年壬申而甘伯死矣。趙君有從弟為余表兄，鄉俗亦稱親戚，餘生也晚，乃不及見。小時候聽祖父常罵趙益甫，與李蓴客在日記所罵相似，蓋諸公性情有相似處故反相剋也。

近日得一半兩墨，形狀凡近，兩面花邊作木器紋，題曰，會稽扁舟子著書之墨，背曰，徽州胡開文選煙，邊款云，光緒七年。扁舟子即范寅，著有《越諺》共五卷，今行於世。其《事言日記》第三冊中〈光緒四年戊寅紀事〉云：

元旦，辛亥。已初書紅，試新模扁舟子著書之墨，甚堅細而佳，唯新而膩，須俟三年後用之。

蓋即與此同型，唯此乃後年所製者耳。日記中又有「丁丑

十二月初八日」條曰：

　　陳槐亭曰，前月朔日營務處朱懋勛方伯明亮回省言，禹廟有聯繫范某撰書並跋者，梅中丞見而贊之，朱方伯保舉范某能造輪船，中丞囑起稿云云，子有禹廟聯乎，果能造輪船乎？應曰，皆是也。

　　范君用水車法以輪進舟，而需多人腳踏，其後仍改用篙櫓，甲午前後曾在范君宅後河中見之，蓋已與普通的「四明瓦」無異矣。

　　前所云一百年墨共有八錠，篆文曰，墨緣堂書畫墨，背曰，蔡友石珍藏，邊款云，道光乙未年汪近聖造。又一枚稍小，篆文相同，背文兩行曰，一點如漆，百年如石，下云，友石清賞，邊款云，道光乙未年三月。甘實庵《白下瑣言》卷三云：

　　蔡友石太僕世松精鑑別，收藏尤富，歸養家居，以書畫自娛，與人評論娓娓不倦。所藏名人墨跡，鉤摹上石，為墨緣堂帖，真信而好古矣。

　　此外在《金陵詞鈔》中見有詞幾首。關於蔡友石所知有限，今看見此墨卻便覺得非陌生人，彷彿有一種緣分也。貨布墨五枚，形與文均如之，背文二行曰，齋谷山人屬胡開文仿古，邊款云，光緒癸巳年春日。此墨甚尋常，只因是刻《習苦齋畫絮》的惠年所造，故記之。又有墨二枚，無文字，唯上方橫行五字曰雲龍舊衲製，據云亦是惠菱舫也。

又墨四錠，一面雙魚紋，中央篆書曰，大吉昌宜侯王，背作橋上望月圖，題曰湖橋鄉思。兩側隸書曰，故鄉親友勞相憶，丸作隃糜當尺鱗。仲儀所貽，蒼珮室製。疑是譚復堂所作，案譚君曾宦遊安徽，事或可能，但體制凡近，亦未敢定也。

墨緣堂墨有好幾塊，所以磨了來用，別的雖然較新，卻捨不得磨，只是放著看看而已。從前有人說買不起古董，得貨布及龜鶴齊壽錢，製作精好，可以當作小銅器看，我也曾這樣做，又蒐集過三五古磚，算是小石刻。這些墨原非佳品，總也可以當墨玩了，何況多是先哲鄉賢的手澤，豈非很好的小古董乎。我前作〈骨董小記〉，今更寫此，作為補遺焉。

# 日常飯粥，盡有滋味

## 北京的茶食

在東安市場的舊書攤上買到一本日本文章家五十嵐力的《我的書翰》，中間說起東京的茶食店的點心都不好吃了，只有幾家如上野山下的空也，還做得好點心，吃起來餡和糖及果實渾然融合，在舌頭上分不出各自的味來。想起德川時代江戶的二百五十年的繁華，當然有這一種享樂的流風餘韻留傳到今日，雖然比起京都來自然有點不及。北京建都已有五百餘年之久，論理於衣食住方面應有多少精微的造就，但實際似乎並不如此，即以茶食而論，就不曾知道什麼特殊的有滋味的東西。固然我們對於北京情形不甚熟悉，只是隨便撞進一家餑餑鋪裡去買一點來吃，但是就撞過的經驗來說，總沒有很好吃的點心買到過。難道北京竟是沒有好的茶食，還是有而我們不知道呢？這也未必全是為貪口腹之欲，總覺得住在古老的京城裡吃不到包含歷史的精煉的或頹廢的點心是一個很大的缺陷。北京的朋友們，能夠告訴我兩三家做得上好點心的餑餑鋪麼？

我對於二十世紀的中國貨色，有點不大喜歡，粗惡的模仿品，美其名曰國貨，要賣得比外國貨更貴些。新房子裡賣的東西，便不免都有點懷疑，雖然這樣說好像遺老的口吻，但總之關於風流享樂的事我是頗迷信傳統的。我在西四牌樓以南走過，望著異馥齋的丈許高的獨木招牌，不禁神往，因為這不但表示他是義和團以前的老店，那模糊陰暗的字跡又引起我一種

焚香靜坐的安閒而豐腴的生活的幻想。我不曾焚過什麼香,卻對於這件事很有趣味,然而終於不敢進香店去,因為怕他們在香盒上已放著花露水與日光皂了。我們於日用必需的東西以外,必須還有一點無用的遊戲與享樂,生活才覺得有意思。我們看夕陽,看秋河,看花,聽雨,聞香,喝不求解渴的酒,吃不求飽的點心,都是生活上必要的 —— 雖然是無用的裝點,而且是愈精煉愈好。可憐現在的中國生活,卻是極端地乾燥粗鄙。別的不說,我在北京徬徨了十年,終未曾吃到好點心。

## 故鄉的野菜

　　我的故鄉不止一個,凡我住過的地方都是故鄉。故鄉對於我並沒有什麼特別的情分,只因釣於斯游於斯的關係,朝夕會面,遂成相識,正如鄉村裡的鄰舍一樣,雖然不是親屬,別後有時也要想念到他。我在浙東住過十幾年,南京東京都住過六年,這都是我的故鄉;現在住在北京,於是北京就成了我的家鄉了。

　　日前我的妻往西單市場買菜回來,說起有薺菜在那裡賣著,我便想起浙東的事來。薺菜是浙東人春天常吃的野菜,鄉間不必說,就是城裡只要有後園的人家都可以隨時採食,婦女小兒各拿一把剪刀一隻「苗籃」,蹲在地上搜尋,是一種有趣味的遊戲的工作。那時小孩們唱道:「薺菜馬蘭頭,姊姊嫁在後門頭。」後來馬蘭頭有鄉人拿來進城售賣了,但薺菜還是一種野

菜，須得自家去採。關於薺菜向來頗有風雅的傳說，不過這似乎以吳地為主。《西湖遊覽志》云：「三月三日男女皆戴薺菜花。諺云，三春戴薺花，桃李羞繁華。」顧祿的《清嘉錄》上亦說：「薺菜花俗呼野菜花，因諺有『三月三，螞蟻上灶山』之語，三日人家皆以野菜花置灶陘上，以厭蟲蟻。侵晨村童叫賣不絕。或婦女簪髻上以祈清目，俗號眼亮花。」但浙東卻不很理會這些事情，只是挑來做菜或炒年糕吃罷了。

黃花麥果通稱鼠麴草，係菊科植物，葉小，微圓互生，表面有白毛，花黃色，簇生梢頭。春天採嫩葉，搗爛去汁，和粉做糕，稱黃花麥果糕。小孩們有歌讚美之云：

黃花麥果靭結結，
關得大門自要吃；
半塊拿弗出，一塊自要吃。

清明前後掃墓時，有些人家 ── 大約是保存古風的人家 ── 用黃花麥果作供，但不做餅狀，做成小顆如指頂大，或細條如小指，以五六個作一攢，名曰繭果，不知是什麼意思，或因蠶上山時設祭，也用這種食品，故有是稱，亦未可知。自從十二三歲時外出不參與外祖家掃墓以後，不復見過繭果，近來住在北京，也不再見黃花麥果的影子了。日本稱作「御形」，與薺菜同為春的七草之一，也採來做點心用，狀如艾餃，名曰「草餅」，春分前後多食之，在北京也有，但是吃去總是日本風味，不復是兒時的黃花麥果糕了。

　　掃墓時候所常吃的還有一種野菜，俗名草紫，通稱紫雲英。農人在收穫後，播種田內，用作肥料，是一種很被賤視的植物，但採取嫩莖瀹食，味頗鮮美，似豌豆苗。花紫紅色，數十畝接連不斷，一片錦繡，如鋪著華美的地毯，非常好看，而且花朵狀若蝴蝶，又如雞雛，尤為小孩所喜。間有白色的花，相傳可以治痢，很是珍重，但不易得。日本《俳句大辭典》云：「此草與蒲公英同是習見的東西，從幼年時代便已熟識，在女人裡邊，不曾採過紫雲英的人，恐未必有罷。」中國古來沒有花環，但紫雲英的花球卻是小孩常玩的東西，這一層我還替那些小人們欣幸的。浙東掃墓用鼓吹，所以少年常隨了樂音去看「上墳船裡的姣姣」；沒有錢的人家雖沒有鼓吹，但是船頭上篷窗下總露出些紫雲英和杜鵑的花束，這也就是上墳船的確實的證據了。

## 吃菜

　　偶然看書講到民間邪教的地方，總常有吃菜事魔等字樣。吃菜大約就是素食，事魔是什麼事呢？總是服侍什麼魔王之類罷，我們知道希臘諸神到了基督教世界多轉變為魔，那麼魔有些原來也是有身分的，並不一定怎麼邪曲，不過隨便地事也本可不必，雖然光是吃菜未始不可以，而且說起來我也還有點贊成。本來草的莖葉根實只要無毒都可以吃，又因為有維他命

某，不但充饑還可養生，這是普通人所熟知的，至於專門地或有宗旨地吃，那便有點兒不同，彷彿是一種主義了。現在我所想要說的就是這種吃菜主義。

吃菜主義似乎可以分作兩類。第一類是道德的。這派的人並不是不吃肉，只是多吃菜，其原因大約是由於崇尚素樸清淡的生活。孔子云，「飯疏食，飲水，曲肱而枕之，樂亦在其中矣」，可以說是這派的祖師。《南齊書‧周顒傳》云：「顒清貧寡慾，終日長蔬食。文惠太子問顒菜食何味最勝，顒曰，春初早韭，秋末晚菘。」黃山谷題畫菜云：「不可使士大夫不知此味，不可使天下之民有此色。」—— 當作文章來看實在不很高明，大有帖括的意味，但如算作這派提倡咬菜根的標語卻是頗得要領的。李笠翁在《閒情偶寄》卷五說：

> 聲音之道，絲不如竹，竹不如肉，為其漸近自然，吾謂飲食之道，膾不如肉，肉不如蔬，亦以其漸近自然也。草衣木食，上古之風，人能疏遠肥膩，食蔬蕨而甘之，腹中菜園不使羊來踏破，是猶作義皇之民，鼓唐虞之腹，與崇尚古玩同一致也。所怪於世者，棄美名不居，而故異端其說，謂佛法如是，是則謬矣。吾輯《飲撰》一卷，後肉食而首蔬菜，一以崇儉，一以復古，至重宰割而惜生命，又其念茲在茲而不忍或忘者矣。

笠翁照例有他的妙語，這裡也是如此，說得很是清脆，雖然照文化史上講來吃肉該在吃菜之先，不過笠翁不及知道，而且他又哪裡會來斤斤地考究這些事情呢。

吃菜主義之二是宗教的，普通多是根據佛法，即笠翁所謂異端其說者也。我覺得這兩類顯有不同之點，其一吃菜只是吃菜，其二吃菜乃是不食肉，笠翁上文說得蠻好，而下面所說念茲在茲的卻又混到這邊來，不免與佛法發生糾葛了。小乘律有殺戒而不戒食肉，蓋殺生而食已在戒中，唯自死鳥殘等肉仍在不禁之列，至大乘律始明定食肉戒，如《梵網經》菩薩戒中所舉，其辭曰：

若佛子故食肉，——一切眾生肉不得食：夫食肉者斷大慈悲佛性種子，一切眾生見而捨去。是故一切菩薩不得食一切眾生肉，食肉得無量罪，——若故食者，犯輕垢罪。

賢首疏云：

輕垢者，簡前重戒，是以名輕，簡異無犯，故亦名垢。又釋，瀆汙清淨行名垢，禮非重過稱輕。

因為這裡沒有把殺生算在內，所以算是輕戒，但話雖如此，據《目蓮問罪報經》所說，犯突吉羅眾學戒罪，如四天王壽，五百歲墮泥犁中，於人間數九百千歲，此墮等活地獄，人間五十年為天一晝夜，可見還是不得了也。

我讀《舊約·利未記》，再看大小乘律，覺得其中所說的話要合理得多，而上邊食肉戒的措辭我尤為喜歡，實在明智通達，古今莫及。《入楞伽經》所論雖然詳細，但仍多為粗惡凡人說法，道世在《諸經要集》中酒肉部所述亦復如是，不要說別人了。後來講戒殺的大抵偏重因果一端，寫得較好的還是蓮池的

《放生文》和周安士的《萬善先資》，文字還有可取，其次《好生救劫編》、《衛生集》等，自鄶以下更可以不論，裡邊的意思總都是人吃了蝦米再變蝦米去還吃這一套，雖然也好玩，難免是幼稚了。我以為菜食是為了不食肉，不食肉是為了不殺生，這是對的，再說為什麼不殺生，那麼這個解釋我想還是說不欲斷大慈悲佛性種子最為得體，別的總說得支離。眾生有一人不得度的時候自己絕不先得度，這固然是大乘菩薩的弘願，但凡夫到了中年，往往會看輕自己的生命而尊重人家的，並不是怎麼奇特的現象。難道肉體漸近老衰，精神也就與宗教接近麼？未必然，這種態度有的從宗教出，有的也會從唯物論出的。或者有人疑心唯物論者一定是主張強食弱肉的，卻不知道也可以成為大慈悲宗，好像是《安士全書》信者，所不同的他是本於理性，沒有人吃蝦米那些律例而已。

據我看來，吃菜亦復佳，但也以中庸為妙，赤米白鹽綠葵紫蓼之外，偶然也不妨少進三淨肉，如要講淨素已不容易，再要徹底便有碰壁的危險。《南齊書·孝義傳》紀江泌事，說他「食菜不食心，以其有生意也」，覺得這件事很有風趣，但是離徹底總還遠呢。英國柏忒勒（Samuel Butler）所著《有何無之鄉遊記》（*Erewhon*）中第二十六七章敘述一件很妙的故事，前章題曰〈動物權〉，說古代有哲人主張動物的生存權，人民實行菜食，當初許可吃牛乳雞蛋，後來覺得擠牛乳有損於小牛，雞蛋也是一條

可能的生命，所以都禁了，但陳雞蛋還勉強可以使用，只要經過檢查，證明確已陳年臭壞了，貼上一張「三個月以前所生」的查票，就可發賣。次章題日〈植物權〉，已是六七百年過後的事了，那時又出了一個哲學家，他用實驗證明植物也同動物一樣地有生命，所以也不能吃，據他的意思，人可以吃的只有那些自死的植物，例如落在地上將要腐爛的果子，或在深秋變黃了的菜葉。他說只有這些同樣的廢物人們可以吃了於心無愧。「即使如此，吃的人還應該把所吃的蘋果或梨的核，杏核，櫻桃核及其他，都種在土裡，不然他就將犯了墮胎之罪。至於五穀，據他說那是全然不成，因為每顆穀都有一個靈魂像人一樣，他也自有其同樣地要求安全之權利。」結果是大家不能不承認他的理論，但是又苦於難以實行，逼得沒法了便索性開了葷，仍舊吃起豬排牛排來了。這是諷刺小說的話，我們不必認真，然而天下事卻也有偶然暗合的，如《文殊師利問經》云：

> 若為己殺，不得啖。若肉林中已自腐爛，欲食得食。若欲啖肉者，當說此咒：如是，無我無我，無壽命無壽命，失失，燒燒，破破，有為，除殺去。此咒三說，乃得啖肉，飯亦不食。何以故？若思唯飯不應食，何況當啖肉。

這個吃肉林中腐肉的辦法豈不與陳雞蛋很相像，那麼爛果子黃菜葉也並不一定是無理，實在也只是比不食菜心更徹底一點罷了。

## 炒栗子

日前偶讀陸祁孫的《合肥學舍札記》，卷一有「都門舊句」一則云：

> 住在都門得句云，栗香前市火，菊影故園霜。賣炒栗時人家方蒔菊，往來花擔不絕，自謂寫景物如畫。後見蔡浣霞鑾揚詩，亦有「栗香前市火，杉影後門鐘」之句，未知孰勝。

將北京的炒栗子做進詩裡去，倒是頗有趣味的事。我想蕤嬰居士文昭詩中常詠市井景物，當必有好些材料，可惜《紫幢軒集》沒有買到，所有的雖然是有「堂堂堂」藏印的書，可是只得《畫屏齋稿》等三種，在《艾集》下卷找到〈時果〉三章，其二是〈栗〉，云：

> 風戾可充冬，食新先用炒。手剝下夜茶，飣槃妃紅棗。北路雖上番，不如東路好。

居士畢竟是不凡，這首詩寫得很有風趣，非尋常詠物詩之比，我很覺得喜歡，雖然自己知道詩是我所不大懂的。說到炒栗，自然第一聯想到的是放翁的《筆記》，但是我又記起清朝還有些人說過，便就近先從趙雲松的《陔餘叢考》查起，在卷三十三里找到〈京師炒栗〉一條，其文云：

> 今京師炒栗最佳，四方皆不能及。按宋人小說，汴京李和炒栗名聞四方，紹興中陳長卿及錢愷使金，至燕山，忽有人持炒栗十枚來獻，自白曰，汴京李和兒也，揮涕而去。蓋金破汴後流轉於燕，仍以炒栗世其業耳，然則今京師炒栗是其遺法耶。

　　這裡所說似乎有點不大可靠，如炒栗十枚便太少，不像是實有的事。其次在郝蘭皋的《曬書堂筆錄》卷四有〈炒栗〉一則云：

　　栗生啖之益人，而新者微覺寡味，干取食之則味佳矣，蘇子由服栗法亦是取其極乾者耳。然市肆皆傳炒栗法。余幼時自塾晚歸，聞街頭喚炒栗聲，舌本流津，買之盈袖，恣意咀嚼，其栗殊小而殼薄，中實充滿，炒用糖膏則殼極柔脆，手微剝之，殼肉易離而皮膜不黏，意甚快也。及來京師，見市肆門外置柴鍋，一人向火，一人坐高兀子上，操長柄鐵勺頻攪之令勻遍。其栗稍大，而炒制之法，和以濡糖，藉以粗沙亦如余幼時所見，而甜美過之，都市炫鬻，相染成風，盤飣間稱佳味矣。偶讀《老學庵筆記》二，言故都李和炒栗名聞四方，他人百計效之，終不可及。紹興中陳福公及錢上閣出使虜庭，至燕山忽有兩人持炒栗各十裹來獻，三節人亦人得一裹，自讚曰李和兒也，揮涕而去。惜其法竟不傳，放翁雖著記而不能究言其詳也。

　　所謂宋人小說，蓋即是《老學庵筆記》，十枚亦可知是十裹之誤。郝君的是有情趣的人，學者而兼有詩人的意味，故所記特別有意思，如寫炒栗之特色，炒時的情狀，均簡明可喜，《曬書堂集》中可取處甚多，此其一例耳。糖炒栗子法在中國殆已普遍，李和家想必特別佳妙，趙君以為京師市肆傳其遺法，恐未必然。紹興亦有此種炒栗，平常係水果店兼營，與北京之多由乾果鋪製售者不同。案孟元老著《東京夢華錄》卷八，「立秋」項下說及李和云：

　　雞頭上市，則梁門裡李和家最盛。士庶買之，一裹十文，用小新荷葉包，糝以麝香，紅小索兒系之。賣者雖多，不及李和一色揀銀皮子嫩者貨之。

　　李李村著《汴宋竹枝詞》百首，曾詠其事云：

　　明珠的的價難酬，昨夜南風黃嘴浮。似向胸前解羅被，碧荷葉裹嫩雞頭。

　　這樣看來，那麼李和家原來豈不也就是一片鮮果鋪麼？

　　放翁的《筆記》原文已見前引《曬書堂筆錄》中，茲不再抄。三年前的冬天偶食炒栗，記起放翁來，陸續寫二絕句，致其懷念，時已近歲除矣，其詞云：

　　燕山柳色太淒迷，話到家園一淚垂。長向行人供炒栗，傷心最是李和兒。

　　家祭年年總是虛，乃翁心願竟何如。故園未毀不歸去，怕出偏門過魯墟。

　　先祖母孫太君家在偏門外，與快閣比鄰，蔣太君家魯墟，即放翁詩所云輕帆過魯墟者是也。案《嘉泰會稽志》卷十七〈草部〉，「荷」下有云：

　　出偏門至三山多白蓮，出三江門至梅山多紅蓮。夏夜香風率一二十里不絕，非塵境也，而游者多以畫，故不盡知。

　　出偏門至三山，不佞兒時往魯墟去，正是走這條道，但未曾見過蓮花，蓋田中只是稻，水中亦唯有大菱茭白，即雞頭子也少有人種植。近來更有二十年以上不曾看見，不知是什麼形狀矣。

## 談油炸鬼

劉廷璣著《在園雜誌》卷一有一條云：

東坡云，謫居黃州五年，今日北行，岸上聞騾駅鐸聲，意亦欣然。鐸聲何足欣，蓋久不聞而今得聞也。昌黎詩，照壁喜見蠍。蠍無可喜，蓋久不見而今得見也。予由浙東觀察副使奉命引見，渡黃河至王家營，見草棚下掛油炸鬼數枚。製以鹽水和麵，扭作兩股如粗繩，長五六寸，於熱油中炸成黃色，味頗佳，俗名油炸鬼。予即於馬上取一枚啖之，路人及同行者無不匿笑，意以為如此鞍馬儀從而乃自取自啖此物耶。殊不知予離京城赴浙省今十七年矣，一見河北風味不覺狂喜，不能自持，似與韓蘇二公之意暗合也。

在園的意思我們可以瞭解，但說黃河以北才有油炸鬼卻並不是事實。江南到處都有，紹興在東南海濱，市中無不有麻花攤，叫賣麻花燒餅者不絕於道。范寅著《越諺》卷中〈飲食門〉云：

麻花，即油炸檜，迄今代遠，恨磨業者省工無頭臉，名此。

案此言係油炸秦檜之，殆是望文生義，至同一癸音而曰鬼曰檜，則由南北語異，紹興讀鬼若舉不若癸也。中國近世有饅頭，其緣起說亦怪異，與油炸鬼相類，但此只是傳說罷了。朝鮮權寧世編《支那四聲字典》，第一七五「Kuo 字」項下注云：

餜（Kuo），正音。油餜子，小麥粉和雞蛋，油煎拉長的點心。油炸餜，同上。但此一語北京人悉讀作 Kuei 音，正音則唯鄉下人用之。

此說甚通，鬼檜二讀蓋即由餲轉出。明王思任著《謔庵文飯小品》卷三〈遊滿井記〉中云：

賣飲食者邀訶好火燒，好酒，好大飯，好果子。

所云「果子」即油餲子，並不是頻婆林禽之流，謔庵於此多用土話，「邀訶」亦即吃喝，作平聲讀也。

鄉間製麻花不曰店而曰攤，蓋大抵簡陋，只兩高凳架木板，於其上和麵搓條，傍一爐可烙燒餅，一油鍋炸麻花，徒弟用長竹筷翻弄，擇其黃熟者夾置鐵絲籠中，有客來買時便用竹絲穿了打結遞給他。做麻花的手執一小木棍，用以攤趕濕麵，卻時時空敲木板，的答有聲調，此為麻花攤的一種特色，可以代呼聲，告訴人家正在開淘有火熱麻花吃也。麻花攤在早晨也兼賣粥，米粒少而汁厚，或謂其加小粉，亦未知真假，平常粥價一碗三文，麻花一股二文，客取麻花折斷放碗內，令盛粥其上，如《板橋家書》所說，「雙手捧碗縮頸而啜之，霜晨雪早，得此周身俱暖」，代價一共只要五文錢，名曰麻花粥。又有花十二文買一包蒸羊，用鮮荷葉包了拿來，放在熱粥底下，略加鹽花，別有風味，名曰羊肉粥，然而價增兩倍，已不是尋常百姓的吃法了。

麻花攤兼做燒餅，貼爐內烤之，俗稱「洞裡火燒」。小時候曾見一種似麻花單股而細，名曰「油龍」，又以小塊麵油炸，任其自成奇形，名曰「油老鼠」，皆小兒食品，價各一文，辛亥年

回鄉便都已不見了。麵條交錯作「八結」形者日「巧果」，二條纏圓木上如藤蔓，炸熟木自脫去，名日「倭纏」。其最簡單者兩股稍粗，互扭如繩，長約寸許，一文一個，名「油饊子」。以上各物《越諺》皆失載，孫伯龍著《南通方言疏證》卷四〈釋小食〉中有「饊子」一項，注云：

《州志》方言，饊子，油炸環餅也。

又引《丹鉛總錄》等云：寒具，今云日饊子。寒具是什麼東西，我從前不大清楚。據《庶物異名疏》云：

林洪《清供》云，寒具捻頭也，以糯米粉和麵油煎成，以糖食。據此乃油膩黏膠之物，故客有食寒具不濯手而汙桓玄之書畫者。

看這情形豈非是蜜供一類的物事乎？劉禹錫寒具詩乃云：

纖手搓來玉數尋，碧油煎出嫩黃深。夜來春睡無輕重，壓扁佳人纏臂金。

詩並不佳，取其頗能描寫出寒具的模樣，大抵形如北京西域齋製的奶油鐲子，卻用油煎一下罷了，至於和靖後人所說外面搽糖的或係另一做法，若是那麼黏膠的東西，劉君恐亦未必如此說也。《和名類聚抄》引古字書云，「糫餅，形如葛藤者也」，則與倭纏頗相像，巧果油饊子又與「結果」及「捻頭」近似，蓋此皆寒具之一，名字因形而異，前詩所詠只是似環的那一種耳。麻花攤所製各物殆多係寒具之遺，在今日亦是最平民化的食物，因為到處皆有的緣故，不見得會令人引起鄉思，我

只感慨為什麼為著述家所捨棄，那樣地不見經傳。劉在園范嘯風二君之記及油炸鬼真可以說是豪傑之士，我還想費些功夫翻閱近代筆記，看看有沒有別的記錄，只怕大家太熱心於載道，無暇做這「玩物喪志」的勾當也。

## 附記

尤侗著《艮齋續說》卷八云：

東坡云，謫居黃州五年，今日北行，岸上聞騾馱鐸聲，意亦欣然，蓋不聞此聲久矣。韓退之詩，「照壁喜見蠍」，此語真不虛也。予謂二老終是宦情中熱，不忘長安之夢，若我久臥江湖，魚鳥為侶，騾馬鞱鐸耳所厭聞，何如欸乃一聲耶。京邸多蠍，至今談虎色變，不意退之喜之如此，蠍且不避而況於臭蟲乎。

西堂此語別有理解。東坡蜀人何樂北歸，退之生於昌黎，喜蠍或有可原，唯此公大熱中，故亦令人疑其非是鄉情而實由於宦情耳。廿四年十月七日記於北平。

## 補記

張林西著《瑣事閒錄》正續各兩卷，咸豐年刊。續編卷上有關於油炸鬼的一則云：

油炸條麵類如寒具，南北各省均食此點心，或呼果子，或呼為油胚，豫省又呼為麻糖，為油饃，即都中之油炸鬼也。

鬼字不知當作何字。長晴巖觀察臻云,應作檜字,當日秦檜既死,百姓怨不能釋,因以麵肖形炸而食之,日久其形漸脫,其音漸轉,所以名為油炸鬼,語亦近似。

案此種傳說各地多有,小時候曾聽老嫗們說過,今卻出於旗員口中覺得更有意思耳。個人的意思則願作「鬼」字解,稍有奇趣,若有所怨恨乃以麵肖形炸而食之,此種民族性殊不足嘉尚也。秦長腳即極惡,總比劉豫、張邦昌以及張弘範較勝一籌罷,未聞有人炸吃諸人,何也?我想這罵秦檜的風氣是從《說岳》及其戲文裡出來的。士大夫論人物,罵秦檜也罵韓侂冑,更是可笑的事,這可見中國讀書人之無是非也。民國廿四年十二月廿八日補記。

## 賣糖

崔曉林著《念堂詩話》卷二中有一則云:

《日知錄》謂古賣糖者吹簫,今鳴金。予考徐青長詩,敲鑼賣夜糖,是明時賣錫鳴金之明證也。

案此五字見《徐文長集》卷四,所云「青長」當是青藤或文長之誤。原詩題曰〈曇陽〉,凡十首,其五云:

何事移天竺,居然在太倉。善哉聽白佛,夢已熟黃粱。托鉢求朝飯,敲鑼賣夜糖。

　　所詠當係王錫爵女事，但語頗有費解處，不佞亦只能取其末句，作為夜糖之一佐證而已。查范嘯風著《越諺》卷中飲食類中，不見夜糖一語，即梨膏糖亦無，不禁大為失望。紹興如無夜糖，不知小人們當更如何寂寞，蓋此與炙糕二者實是兒童的恩物，無論野孩子與大家子弟都是不可缺少者也。夜糖的名義不可解，其實只是圓形的硬糖，平常亦稱圓眼糖，因形似龍眼故，亦有尖角者，則稱粽子糖，共有紅白黃三色，每粒價一錢，若至大路口糖色店去買，每十粒只七八文即可，但此是三十年前價目，現今想必已大有更變了。梨膏糖每塊須四文，尋常小孩多不敢問津，此外還有一錢可買者有茄脯與梅餅。以沙糖煮茄子，略晾乾，原以斤兩計，賣糖人切為適當的長條，而不能無大小，小兒多較量擇取之，是為茄脯。梅餅者，黃梅與甘草同煮，連核搗爛，範為餅如新鑄一分銅幣大，吮食之別有風味，可與青鹽梅競爽也。賣糖者大率用擔，但非是肩挑，實只一筐，俗名橋籃，上列木匣，分格盛糖，蓋以玻璃，有木架交叉如交椅，置籃其上，以待顧客，行則疊架夾脅下，左臂操筐，俗語曰橋，虛左手持一小鑼，右手執木片如笏狀，擊之聲鏜鏜然，此即賣糖之信號也，小兒聞之驚心動魄，殆不下於貨郎之驚閨與喚嬌娘焉。此鑼卻又與他鑼不同，直徑不及一尺，窄邊，不繫索，擊時以一指抵邊之內緣，與銅鑼之提索及用鑼槌者迥異，民間稱之曰鐋鑼，第一字讀如國音湯去聲，蓋形容其聲如此。雖然亦是金屬無疑，但小說上常見鳴金收軍，

則與此又截不相像，顧亭林云賣餳者今鳴金，原不能說錯，若云籠統殆不能免，此則由於用古文之故，或者也不好單與顧君為難耳。

賣糕者多在下午，竹籠中生火，上置熬盤，紅糖和米粉為糕，切片炙之，每片一文，亦有麻糍，大呼曰麻糍荷炙糕。荷者語助詞，如蕭老老公之荷荷，唯越語更帶喉音，為他處所無。早上別有賣印糕者，糕上有紅色吉利語，此外如蔡糖糕、茯苓糕、桂花年糕等亦具備，呼聲則僅云賣糕荷，其用處似在供大人們做早點心吃，與炙糕之為小孩食品者又異。此種糕點來北京後便不能遇見，蓋南方重米食，糕類以米粉為之，北方則幾乎無一不麵，情形自大不相同也。

小時候吃的東西，味道不必甚佳，過後思量每多佳趣，往往不能忘記。不佞之記得糖與糕，亦正由此耳。昔年讀日本原公道著《先哲叢談》，卷三有講朱舜水的幾節，其一云：「舜水歸化歷年所，能和語，然及其病革也，遂復鄉語，則侍人不能瞭解。」（原本漢文。）不佞讀之愴然有感。舜水所語蓋是餘姚話也，不佞雖是隔縣當能了知，其意亦唯不佞可解。餘姚亦當有夜糖與炙糕，惜舜水不曾說及，豈以說了也無人懂之故歟。但是我又記起《陶庵夢憶》來，其中亦不談及，則更可惜矣。

## 附記

《越諺》不記糖色，而糕類則稍有敘述，如印糕下注云：「米粉為方形，上印彩粉文字，配饅頭送喜壽禮。」又麻糍下云：「糯粉，餡烏豆沙，如餅，炙食，擔賣，多吃能殺人。」末五字近於贅，蓋昔曾有人賭吃麻糍，因以致死，范君遂書之以為戒，其實本不限於麻糍一物，即雞骨頭糕干如多吃亦有害也。看一地方的生活特色，食品很是重要，不但是日常飯粥，即點心以至閒食，亦均有意義，只可惜少有人注意，本鄉文人以為瑣屑不足道，外路人又多輕飲食而著眼於男女，往往鬧出《閒話揚州》似的事件，其實男女之事大同小異，不值得那麼用心，倒還不如各種吃食盡有滋味，大可談談也。廿八日又記。

### 茶湯

我們看古人的作品，對於他們思想感情，大抵都可了解，因為雖然有年代間隔，那些知識分子的意見總還可想像得到；唯獨講到他們的生活，我們便大部分不知道，無從想像了。我們看宋朝人的親筆書簡，彷彿覺得相隔不及百年，但事實上有近千年的歷史，這其間生活情形發生變動，有些事缺了記載，便無從稽考了。最顯著的事例如吃食。從前章太炎先生批評考古學家，他們考了一天星斗，我問他漢朝人吃飯是怎樣的，他

們能說出麼？這當然是困難的事，漢朝人的吃食方法無法可考，但是宋朝，因為在歷史博物館有老百姓家裡的一張板桌，一把一字椅，曾經在鉅鹿出土，保存在那裡，我們可以知道是用桌椅的了；又有些家用碗碟，可以推想食桌的情形。但是吃些什麼呢？查書去無書可查，一般筆記因為記錄日常雜事嫌它煩瑣，所以記的極少，往往有些食品到底不知是怎樣的，這是一個很大的缺恨。現在我們收小範圍，只就一兩件事，與現今可以發生連繫的，來談一下吧。

《水滸傳》裡的王婆開著茶坊，但是看她不大賣泡茶，她請西門慶喝的有「梅湯」，和不知是什麼的「和合湯」，看下文西門慶說，「放甜些」，可知是甜的東西，末了點兩盞「薑湯」了。後來她招待武大娘子，「濃濃地點道茶，撒上些白松子胡桃肉」，那末也不是清茶了，卻是一種好喝的什麼湯了。這裡恰好叫我想起北京市上的所謂「茶湯」了。這乃是一種什麼麵粉，加糖和水調了，再加開水滾了吃，彷彿是藕粉模樣，小孩們很喜歡喝。此外有「杏仁茶」和「牛骨髓茶」，也與這相像，不過那是別有名堂，不是混稱茶湯了。我看見這種「茶湯」，才想到王婆撒上些白松子胡桃肉的，大約是這一類的茶了。茶葉雖然起於六朝，唐人已很愛喝，但這還是一種奢侈品，不曾通行民間，我看《水滸傳》沒有寫到喫茶或用茶招待人的，不過沿用茶這名稱指那些飲料而已。

　　據這個例子，假如筆記上多記這些煩瑣的事物，我們還可根據了與現有的風俗比較，說不定能夠明白一點過去。現在的材料只有小說，而小說頂古舊也不能過宋朝，那末對於漢朝的吃食，沒有方法去知道的了。

## 再談南北的點心

　　中國地大物博，風俗與土產隨地各有不同，因為一直缺少人紀錄，有許多值得也是應該知道的事物，我們至今不能知道清楚，特別是關於衣食住的事項。我這裡只就點心這個題目，依據淺陋所知，來說幾句話，希望拋磚引玉，有旅行既廣，遊歷又多的同志們，從各方面來報導出來，對於愛鄉愛國的教育，或者也不無小補吧。

　　我是浙江東部人，可是在北京住了將近四十年，因此南腔北調，對於南北情形都知道一點，卻沒有深厚的了解。據我的觀察來說，中國南北兩路的點心，根本性質上有一個很大的區別，簡單的下一句斷語，北方的點心是常食的性質，南方的則是閒食。我們只看北京人家做餃子餛飩麵總是十分苴實，餡絕不考究；麵用芝麻醬拌，最好也只是炸醬；饅頭全是實心。本來是代飯用的，只要吃飽就好，所以並不求精。若是回過來走到東安市場，往五芳齋去叫了來吃，儘管是同樣名稱，做法便大不一樣，別說蟹黃包子，雞肉餛飩，就是一碗三鮮湯麵，也

是精細鮮美的，可是有一層，這絕不可能吃飽當飯，一則因為價錢比較貴，二則昔時無此習慣。抗戰以後上海也有陽春麵，可以當飯了，但那是新時代的產物，在老輩看來，是不大可以為訓的。我母親如果在世，已有一百歲了，她生前便是絕對不承認點心可以當飯的，有時生點小毛病，不喜吃稻米飯，隨叫家裡做點餛飩或麵來充饑，即使一天裡仍然吃過三回，她卻總說今天胃口不開，因為吃不下飯去，因此可以證明那餛飩和麵都不能算是飯。這種論斷，雖然有點兒近於武斷，但也可以說是有客觀的佐證，因為南方的點心是閒食，做法也是趨於精細鮮美，不取苴實一路的。上文五芳齋固然是很好的例子，我還可以再舉出南方做烙餅的方法來，更為具體，也有意思。我們故鄉是在錢塘江的東岸，那裡不常吃麵食，可是有烙餅這物事。這裡要注意的，是烙不讀作老字音，乃是「洛」字入聲，又名為山東餅，這證明原來是模仿大餅而作的，但是烙法卻大不相同了。鄉間賣餛飩麵和饅頭都分別有專門的店鋪，唯獨這烙餅只有攤，而且也不是每天都有，這要等待那裡有社戲，才有幾個擺在戲臺附近，供看戲的人買吃，價格是每個制錢三文，計油條價二文，蔥醬和餅只要一文罷了。做法是先將原本兩折的油條扯開，改作三折，在熬盤上烤焦，同時在預先做好的直徑約二寸，厚約一分的圓餅上，滿搽紅醬和辣醬，撒上蔥花，卷在油條外面，再烤一下，就做成了。它的特色是油條加蔥醬烤過，香辣好吃，那所謂餅只是包裹油條的東西，乃是客而非

主，拿來與北方原來的大餅相比，厚大如茶盤，捲上黃醬大蔥，大嚼一張，可供一飽，這裡便顯出很大的不同來了。

上邊所說的點心偏於麵食一方面，這在北方本來不算是閒食吧。此外還有一類乾點心，北京稱為餑餑，這才當作閒食，大概與南方則無什麼差別。但是這裡也有一點不同，據我的考察，北方的點心歷史古，南方的歷史新，古者可能還有唐宋遺制，新的只是明朝中葉吧。點心鋪招牌上有常用的兩句話，我想借來用在這裡，似乎也還適當，北方可以稱為「官禮茶食」，南方則是「嘉湖細點」。

我們這裡且來作一點煩瑣的考證，可以多少明白這時代的先後。查清顧張思的《土風錄》卷六，「點心」條下云：「小食日點心，見吳曾《漫錄》。唐鄭傪為江淮留後，家人備夫人晨饌，夫人謂其弟曰：『治妝未畢，我未及餐，爾且可點心。』俄而女僕請備夫人點心，傪訝曰：『適已點心，今何得又請！』」由此可知點心古時即是晨饌。同書又引周輝《北轅錄》云：「洗漱冠櫛畢，點心已至。」後文說明點心中饅頭餛飩包子等，可知是說的水點心，在唐朝已有此名了。茶食一名，據《土風錄》云：「乾點心日茶食，見宇文懋昭《金志》：『婿先期拜門，以酒饌往，酒三行，進大軟脂小軟脂，如中國寒具，又進蜜糕，人各一盤，日茶食。』《北轅錄》云：金國宴南使，未行酒，先設茶筵，進茶一盞，謂之茶食。」茶食是喝茶時所吃的，與小食不同，

大軟脂，大抵有如蜜麻花，蜜糕則明係蜜餞之類了。從文獻上看來，點心與茶食兩者原有區別，性質也就不同，但是後來早已混同了，本文中也就混用，那招牌上的話也只是利用現代文句，茶食與細點作同意語看，用不著再分析了。

我初到北京來的時候，隨便在餑餑鋪買點東西吃，覺得不大滿意，曾經埋怨過這個古都市，積聚了千年以上的文化歷史，怎麼沒有做出些好吃的點心來。老實說，北京的大八件小八件，儘管名稱不同，吃起來不免單調，正和五芳齋的前例一樣，東安市場內的稻香春所做南式茶食，並不齊備，但比起來也顯得花樣要多些了。過去時代，皇帝向在京裡，他的享受當然是很豪華的，卻也並不曾創造出什麼來，北海公園內舊有「仿膳」，是前清膳房的做法，所做小點心，看來也是平常，只是做得小巧一點而已。南方茶食中有些東西，是小時候熟悉的，在北京都沒有，也就感覺不滿足，例如糖類的酥糖、麻片糖、寸金糖，片類的雲片糕、椒桃片、松仁片，軟糕類的松子糕、棗子糕、蜜仁糕、桔紅糕等。此外有纏類，如松仁纏、核桃纏，乃是在乾果上包糖，算是上品茶食，其實倒並不怎麼好吃。南北點心粗細不同，我早已注意到了，但這是怎麼一個系統，為什麼有這差異？那我也沒有法子去查考，因為孤陋寡聞，而且關於點心的文獻，實在也不知道有什麼書籍。但是事有湊巧，不記得是那一年，或者什麼原因了，總之見到幾件北京的舊式點心，平常不大碰見，樣式有點別緻的，這使我忽然大悟，心

想這豈不是在故鄉見慣的「官禮茶食」麼？故鄉舊式結婚後，照例要給親戚本家分「喜果」，一種是乾果，計核桃、棗子、松子、榛子，講究的加荔枝、桂圓。又一種是乾點心，記不清它的名字。查范寅《越諺》「飲食門」下，記有金棗和瓏纏豆兩種，此外我還記得有佛手酥，菊花酥和蛋黃酥等三種。這種東西，平時不易銷，店鋪裡也不常備，要結婚人家訂購才有，樣子雖然不差，但材料不大考究，即使是可以吃得的佛手酥，也總不及紅綾餅或梁湖月餅，所以喜果送來，只供小孩們胡亂吃一陣，大人是不去染指的。可是這類喜果卻大抵與北京的一樣，而且結婚時節非得使用不可。雲片糕等雖是比較要好，卻是絕不使用的。這是什麼理由？這一類點心是中國舊有的，歷代相承，使用於結婚儀式。一方面時勢轉變，點心上發生了新品種，然而一切儀式都是守舊的，不輕易容許改變，因此即使是送人的喜果，也有一定的規矩，要定做現今市上不通行了的物品來使用。同是一類茶食，在甲地尚在通行，在乙地已出了新的品種，只留著用於「官禮」，這便是南北點心情形不同的緣因了。

上文只說得「官禮茶食」，是舊式的點心，至今流傳於北方。至於南方點心的來源，那還得另行說明。「嘉湖細點」這四個字，本是招牌和仿單上的口頭禪，現在正好借用過來，說明細點的來源。因為據我的瞭解，那時期當為前明中葉，而地點則是東吳西浙，嘉興湖州正是代表地方。我沒有文書上的資

料，來證明那時吳中飲食豐盛奢華的情形，但以近代蘇州飲食風靡南方的事情來作比，這裡有點類似。明朝自永樂以來，政府雖是設在北京，但文化中心一直還是在江南一帶。那裡官紳富豪生活奢侈，茶食一類就發達起來。就是水點心，在北方作為常食的，也改作得特別精美，成為以賞味為目的的閒食了。這南北兩樣的區別，在點心上存在得很久，這裡固然有風俗習慣的關係，一時不易改變；但在「百花齊放」的今日，這至少該得有一種進展了吧。其實這區別不在於質而只是量的問題，換一句話即是做法的一點不同而已。我們前面說過，家庭的雞蛋炸醬麵與五芳齋的三鮮湯麵，固然是一例。此外則有大塊粗製的窩窩頭，與「仿膳」的一碟十個的小窩窩頭，也正是一樣的變化。北京市上有一種愛窩窩，以江米煮飯搗爛（即是糍粑）為皮，中裹糖餡，如元宵大小。李光庭在《鄉言解頤》中說明它的起源云：相傳明世中宮有嗜之者，因名曰御愛窩窩，今但曰愛而已。這裡便是一個例證，在明清兩朝裡，窩窩頭一件食品，便發生了兩個變化了。本來常食閒食，都有一定習慣，不易輕輕更變，在各處都一樣是閒食的乾點心則無妨改良一點做法，做得比較精美，在人民生活水平日益提高的現在，這也未始不是切合實際的事情吧。國內各地方，都富有不少有特色的點心，就只因為地域所限，外邊人不能知道，我希望將來不但有人多多報導，而且還同土產果品一樣，陸續輸到外邊來，增加人民的口福。

## 談食鱉

方濬師著《蕉軒隨錄》卷八有〈使鱉長而後食〉一則云：

縉雲氏有不才子，貪於飲食，謂之饕餮，甚矣，飲食之人則人賤之也。魯公父文伯飲南宮敬叔酒，以露睹父為客，羞鱉焉，小，睹父怒，相延食鱉，辭曰，將使鱉長而後食之，遂出。酒食所以合歡，文伯與敬叔兩賢相合，不知何以添此惡客，真令人敗興。

案此事見《國語五·魯語下》。《左傳》宣公四年也有一件好玩的事：

楚人獻黿於鄭靈公。公子宋與子家將見，子公之食指動，以示子家曰，他日我如此，必嘗異味。及入，宰夫將解黿，相視而笑，公問之，子家以告，及食大夫黿，召子公而弗與也，子公怒，染指於鼎，嘗之而出。

這因後來多用食指動的典故的關係吧，知道的人很多，彷彿頗有點幽默味，但是實在其結果卻很嚴重，《左傳》下文云：

公怒，欲殺子公。子公與子家謀先，子家曰，畜老猶憚殺之，而況君乎。反譖子家，子家懼而從之。夏，弒靈公。

《國語》也有下文，雖然沒有那麼嚴重，卻也頗嚴肅。文云：

文伯之母聞之怒曰，吾聞之先子曰，祭養屍，饗養上賓，鱉於何有，而使夫人怒也。遂逐之，五日，魯大夫辭而復之。

《列女傳》卷一〈母儀傳〉「魯季敬姜」條下錄此文，加以斷語云：

君子謂敬姜為慎微。詩曰，「我有旨酒」，嘉賓式燕以敖，言尊賓也。

關於子公子家的事《左傳》中也有君子的批評，《東萊博議》卷廿五又有文章大加議論，這些大概都很好的，但是我所覺得有意思的倒還在上半的故事，睽父與子公的言行可以收到《世說新語》的〈忿狷〉門裡去，似乎比王大王恭之流還有風趣，王藍田或者可以相比吧。方子嚴大不滿意於睽父，稱之為惡客，我的意思卻不如此，將使鱉長而後食之，不但語妙，照道理講也並不錯。查《隨園食單》〈水族無鱗單〉中列甲魚做法六種，其「帶骨甲魚」下有云：

甲魚宜小不宜大，俗號童子腳魚才嫩。

侯石公的話想必是極有經驗的，或可比湖上笠翁，但如此精法豈不反近於饕餮歟。凡是吃童子什麼，我都不大喜歡，如童子雞或曰筍雞者即是其一，無論吃的理由是在其嫩抑在其為童也，由前說固未免於饕餮之譏，後者則又彷彿有採補之遺意矣。不佞在三年前曾說過這幾句話：

我又說，只有不想吃孩子的肉的才真正配說救救孩子。現在的情形，看見人家蒸了吃，不配自己的胃口，便嚷著要把它救了出來，照自己的意思來炸了吃。可憐人這東西本來說難免被吃的，我只希望人家不要把它從小就棧起來，一點不讓享受生物的權利，只關在黑暗中等候餵肥了好吃或賣錢。舊禮教下的賣子女充饑或過癮，硬訓練了去升官發財或傳教械鬥，是其一，而新禮教下的造成種種花樣的使徒，亦是其二。我想人們

也太情急了，為什麼不能慢慢的來，先讓這班小朋友去充分的生長，滿足他們自然的慾望，供給他們世間的知識，至少到了學業完畢，那時再來誘引或哄騙，拉進各幫去也總還不遲。

我這些話說的有點囉哩囉唆，所講又是救救孩子的問題，但引用到這裡來也很可相通，因為我的意思實在也原是露睹父的「將使鱉長而後食之」這一句話而已。再說請客食鱉而很小，也自難免有點兒吝嗇相。據隨園說山東楊參將家製全殼甲魚法云：

> 甲魚去首尾，取肉及裙加作料煨好，仍以原殼覆之，每宴客，一客之前以小盤獻一甲魚，見者悚然，猶慮其動。

這種甲魚雖小，味道當然很好，又是一人一個，可以夠吃了，公父文伯的未必有如此考究，大約只是在周鼎內盛了一隻小鱉，拿出來主客三位公用，那麼這也難怪尊客的不高興了。請客本是好事，但如菜不佳，骨多肉少，酒淡等等，則必為客所恨，觀笑話中此類頗多，可以知之，《隨園食單》即記有一則，《笑倒》中則有四五篇。吝嗇蓋是笑林的好資料，只關於飲食的如不請客，白吃，肴少等皆是，奢侈卻不是，殆因其有雄大的氣概，與笑話的條件不合耳。文伯的鱉小，鱉還是有的，鄭靈公的黿則煮好擱在一旁，偏不給吃，乃是大開玩笑了，子公的染指於鼎嘗之而出有點稚氣好笑，不能成為笑話，實在只是凡戲無益的一件本事而已。《左傳》《國語》的關係至今說不清楚，總之文章都寫得那麼好，實在是難得的，不佞喜抄古今人文章，見上面兩節不能不心折，其簡潔實不可及也。

## 帶皮羊肉

在家鄉吃羊肉都帶皮，與豬肉同，閱《癸巳存稿》，卷十中有云：

羊皮為裘，本不應入烹調。《釣磯立談》云，韓熙載使中原，中原人問江南何故不食剝皮羊，熙載曰，地產羅紈故也，乃通達之言。

因此知江南在五代時便已吃帶皮羊肉矣。大抵南方羊皮不適於為裘，不如剃毛作氈，以皮入饌，豬皮或有不喜啖者，羊皮則頗甘脆，凡吃得羊肉者當無不食也。北京食羊有種種製法，若前門內月盛齋之醬羊肉，又為名物，唯鄙人至今尚不忘故鄉之羊肉粥，終以為蒸羊最有風味耳。

羊肉粥製法，用錢十二文買羊肉一包，去包裹的鮮荷葉，放大碗內，再就粥攤買粥三文倒入，下鹽，趁熱食之，如用自家煨粥更佳。吾鄉羊肉店只賣蒸羊，即此間所謂湯羊，如欲得生肉，須先期約定，鄉俗必用蘿蔔紅燒，並無別的吃法，云蘿蔔可以去膻，但店頭的熟羊肉卻亦並無膻味。北京有賣蒸羊者，乃是五香蒸羊肉，並非是白煮者也。

## 記愛窩窩

愛窩窩為北京極普通的食物，其名義乃不甚可解，載籍中亦少記錄。《燕都小食品雜詠》中有〈愛窩窩〉一首，注中亦只略疏其形狀，云回人所售食品之一而已。閱李光庭著《鄉言解頤》，卷五載劉寬夫〈日下七事詩〉，末章中說及愛窩窩，小注云：

窩窩以糯米粉為之，狀如元宵粉荔，中有糖餡，蒸熟外糝薄粉，上作一凹，故名窩窩。田間所食則用雜糧麵為之，大或至斤許，其下一窩如臼而覆之。茶館所製甚小，曰愛窩窩，相傳明世中宮有嗜之者，因名御愛窩窩，今但曰愛而已。

說甚詳明，愛窩窩與窩窩頭的關係得以明了，所記傳說亦頗近理，近世不有仿膳之小窩窩頭乎，正可謂無獨有偶。詩為丙午作，蓋是道光二十六年，書則在三年後所刊也。

## 記鹽豆

《鄉言解頤》卷三〈人部・食工〉一篇中，記孫功臣子科烹調之技，有云：

其所作羹湯清而腴，其有味能使之出者乎，所製鹽豆數枚可下酒半壺，其無味能使之入者乎。

有味者使之出二語，李笠齋云出於《隨園食單》，所說殊妙，此理亦可通於作文章，古今各派大抵此二法足以盡之矣。

但是孫科的鹽豆卻更令人不能忘記。小時候在故鄉酒店常以一文錢買一包雞肫豆，用細草紙包作纖足狀，內有豆可二十枚，乃是黃豆鹽煮漉乾，軟硬得中，自有風味。此未知於孫豆何如，及今思之，似亦非是凡品，其實只是平常的酒店倌所煮者耳。至於下酒，這乃是大小戶的問題。嘗聞善飲者取花生仁掰為兩半，去心，再拈半片咬一口細吃，當可吃三四口，所下去的酒亦不在少數矣。若是下戶，則恃食物送酒下嚥，有如昔時小兒喝湯藥之吮冰糖，那時無論怎樣的好鹽豆也禁不起吃了。

## 菱角

　　每日上午門外有人叫賣「菱角」，小孩們都吵著要買，因此常買十來包給他們分吃，每人也只分得十幾個罷了。這是一種小的四角菱，比刺菱稍大，色青而非純黑，形狀也沒有那樣奇古，味道則與兩角菱相同。正在看烏程汪日楨的《湖雅》（光緒庚辰即一八八〇年出版），便翻出卷二講菱的一條來，所記情形與浙東大抵相像，選錄兩則於後：

　　〈仙潭文獻〉：「水紅菱」最先出。青菱有二種，一曰「花蒂」，一曰「火刀」，風乾之皆可致遠，唯「火刀」耐久，迫春猶可食。因塔村之「雞腿」，生啖殊佳；柏林圩之「沙角」，熟瀹頗勝。鄉人以九月十月之交撤蕩，多則積之，腐其皮，如收貯銀杏之法，曰「闍菱」。

　　〈湖錄〉：菱與芰不同。《武陵記》：「四角三角曰芰，兩角

曰菱。」今菱湖水中多種兩角，初冬采之，曝干，可以致遠，名曰「風菱」。唯郭西灣桑漬一帶皆種四角，最肥大，夏秋之交，煮熟鬻於市，曰「熟老菱」。

按，鮮菱充果，亦可充蔬。沉水烏菱俗呼「漿菱」。鄉人多於溪湖近岸處水中種之，曰「菱蕩」，四圍植竹，絚繩於水面，閒之為界，曰「菱竹」。⋯⋯

越中也有兩角菱，但味不甚佳，多作為「醬大菱」，水果鋪去殼出售，名「黃菱肉」，清明掃墓時常用作供品，「迨春猶可食」，亦別有風味。實熟沉水抽芽者用竹製發莨狀物曳水底攝取之，名「摻芽大菱」，初冬下鄉常能購得，市上不多見也。唯平常煮食總是四角者為佳，有一種名「駝背白」，色白而拱背，故名，生熟食均美，十年前每斤才十文，一角錢可得一大筐，近年來物價大漲，不知需價若干了。城外河中彌望皆菱蕩，唯中間留一條水路，供船隻往來，秋深水長風起，菱科漂浮蕩外，則為「散蕩」，行舟可以任意採取殘留菱角，或並摘菱科之嫩者，攜歸作葅食。明李日華在《味水軒日記》卷二（萬曆三十八年即一六一〇）記途中竊菱事，頗有趣味，抄錄於左。

九月九日，由謝村取餘杭道，曲溪淺渚，被水皆菱角，有深淺紅及慘碧三色，舟行掬手可取而不設膝塹，僻地俗淳此亦可見。余坐篷底閱所攜《康樂集》，遇一秀句則引一酹，酒渴思解，奴子康素工掠食，偶命之，甚資咀嚼，平生恥為不義，此其愧心者也。

　　水紅菱只可生食，雖然也有人把他拿去作蔬。秋日擇嫩菱瀹熟，去澀衣，加酒醬油及花椒，名「醉大菱」，為極好的下酒物（俗名過酒坯），陰曆八月三日灶君生日，各家供素菜，例有此品，幾成為不文之律。水紅菱形甚纖豔，故俗以喻女子的小腳，雖然我們現在看去，或者覺得有點唐突菱角，但是聞水紅菱之名而「頗涉遐想」者恐在此刻也仍不乏其人罷？

　　寫〈菱角〉既了，問疑古君討回范寅的《越諺》來一查，見卷中「大菱」一條說得頗詳細，補抄在這裡，可以糾正我的好些錯誤。甚矣，我的關於故鄉的知識之不很可靠也！

　　老菱裝籠，日澆，去皮，冬食，曰「醬大菱」。老菱脫蒂沉湖底，明春抽芽，攪起，曰「攪芽大菱」，其殼烏，又名「烏大菱」。肉爛殼浮，曰「伞起烏大菱」，越以譏無用人。攪菱肉黃，剝賣，曰「黃菱肉」。老菱晾乾，曰「風大菱」。嫩菱煮壞，曰「爛勃七」。

# 愛這可愛的東西

## 金魚

　　我覺得天下文章共有兩種，一種是有題目的，一種是沒有題目的。普通做文章大都先有意思，卻沒有一定的題目，等到意思寫出了之後，再把全篇總結一下，將題目補上。這種文章裡邊似乎容易出些佳作，因為能夠比較自由地發表，雖然後寫題目是一件難事，有時竟比寫本文還要難些。但也有時候，思想散亂不能集中，不知道寫什麼好，那麼先定下一個題目，再做文章，也未始沒有好處，不過這有點近於賦得，很有做出試帖詩來的危險罷了。偶然讀英國密倫（A．A．Milne）的小品文集，有一處曾這樣說，有時排字房來催稿，實在想不出什麼東西來寫，只好聽天由命，翻開字典，隨手抓到的就是題目。有一回抓到金魚，結果果然有一篇金魚收在集裡。我想這倒是很有意思的事，也就來一下子，寫一篇金魚試試看，反正我也沒有什麼非說不可的大道理，要儘先發表，那麼來做賦得的詠物詩也是無妨，雖然並沒有排字房催稿的事情。

　　說到金魚，我其實是很不喜歡金魚的，在豢養的小動物裡邊，我所不喜歡的，依著不喜歡的程度，其名次是叭兒狗，金魚，鸚鵡。鸚鵡身上穿著大紅大綠，滿口怪聲，很有野蠻氣。叭兒狗的身體固然太小，還比不上一隻貓（小學教科書上卻還在說，貓比狗小，狗比貓大），而鼻子尤其聳得難過。我平常不大喜歡聳鼻子的人，雖然那是人為的，暫時的，把鼻子聳動，並

沒有永久的將它縮作一堆。人的臉上固然不可沒有表情，但我想只要淡淡地表示就好，譬如微微一笑，或者在眼光中露出一種感情，——自然，戀愛與死等可以算是例外，無妨有較強烈的表示，但也似乎不必那樣掀起鼻子，露出牙齒，彷彿是要咬人的樣子。這種嘴臉只好放到影戲裡去，反正與我沒有關係，因為二十年來我不曾看電影。然而金魚恰好兼有叭兒狗與鸚鵡二者的特點，他只是不用長繩子牽了在貴夫人的裙邊跑，所以減等發落，不然這第一名恐怕準定是它了。

我每見金魚一團肥紅的身體，突出兩隻眼睛，轉動不靈地在水中游泳，總會聯想到中國的新嫁娘，身穿紅布襖褲，紮著褲腿，拐著一對小腳伶俜地走路。我知道自己有一種毛病，最怕看真的，或是類似的小腳。十年前曾寫過一篇小文曰〈天足〉，起頭第一句云：「我最喜歡看見女人的天足，」曾蒙友人某君所賞識，因為他也是反對「務必腳小」的人。我倒並不是怕做野蠻，現在的世界正如美國洛威教授的一本書名，誰都有「我們是文明麼」的疑問，何況我們這道統國，剮呀割呀都是常事，無論個人怎麼努力，這個野蠻的頭銜休想去掉，實在凡是稍有自知之明，不是誇大狂的人，恐怕也就不大有想去掉的這種野心與妄想。小腳女人所引起的另一種感想乃是殘廢，這是極不愉快的事，正如駝背或脖子上掛著一個大瘤，假如這是天然的，我們不能說是嫌惡，但總之至少不喜歡看總是確實的了。有誰

會賞鑑駝背或大瘤呢？金魚突出眼睛，便是這一類的現象。另外有叫做緋鯉的，大約是它的表兄弟罷，一樣的穿著大紅棉襖，只是不開衩，眼睛也是平平地裝在腦袋瓜兒裡邊，並不比平常的魚更為鼓出，因此可見金魚的眼睛是一種殘疾，無論碰在水草上時容易戳瞎烏珠，就是平常也一定近視的了不得，要吃饅頭末屑也不大方便罷。照中國人喜歡小腳的常例推去，金魚之愛可以說宜乎眾矣，但在不佞實在是兩者都不敢愛，我所愛的還只是平常的魚而已。

　　想像有一個大池，—— 池非不大可，須有活水，池底有種種水草才行，如從前碧雲寺的那個石池，雖然老實說起來，人造的死海似的水窪都沒有多大意思，就是三海也是俗氣寒傖氣，無論這是那一個大皇帝所造，因為皇帝壓根兒就非俗惡粗暴不可，假如他有點兒懂得風趣，那就得亡國完事，至於那些俗惡的朋友也會亡國，那是另一回事。如今話又說回來，一個大池，裡邊如養著魚，那最好是天空或水的顏色的，如鯽魚，其次是鯉魚。我這樣的分等級，好像是以肉的味道為標準，其實不然。我想水裡游泳著的魚應當是暗黑色的才好，身體又不可太大，人家從水上看下去，窺探好久，才看見隱隱的一條在那裡，有時或者簡直就在你的鼻子前面，等一忽兒卻又不見了，這比一件紅冬冬的東西漸漸地近擺來，好像望那西湖裡的廣告船（據說是點著紅燈籠，打著鼓），隨後又漸漸地遠開去，

更為有趣得多。鯽魚便具備這種資格，鯉魚未免個兒太大一點，但他是要跳龍門去的，這又難怪他。此外有些白鰷，細長銀白的身體，游來游去，彷彿是東南海邊的泥鰍龍船，有時候不知為什麼事出了驚，撥剌地翻身即逝，銀光照眼，也能增加水界的活氣。在這樣地方，無論是金魚，就是平眼的緋鯉，也是不適宜的。紅襖褲的新嫁娘，如其腳是小的，那只好就請她在炕上爬或坐著，即使不然，也還是坐在房中，在油漆氣藝香或花露水氣中，比較地可以得到一種調和。所以金魚的去處還是富貴人家的繡房，浸在五彩的磁缸中，或是玻璃的圓球裡，去和叭兒狗與鸚鵡做伴侶罷了。

　　幾個月沒有寫文章，天下的形勢似乎已經大變了，有志要做新文學的人，非多講某一套話不容易出色。我本來不是文人，這些時式的變遷，好歹於我無干，但以旁觀者的地位看去，我倒是覺得可以贊成的。為什麼呢？文學上永久有兩種潮流，言志與載道。二者之中，則載道易而言志難。我寫這篇賦得金魚，原是有題目的文章，與帖括有點相近，蓋已少言志而多載道歟。我雖未敢自附於新文學之末，但自己覺得頗有時新的意味，故附記於此，以志作風之轉變云耳。

## 兩株樹

　　我對於植物比動物還要喜歡，原因是因為我懶，不高興為了區區視聽之娛一日三餐地去飼養照顧，而且我也有點相信「鳥身自為主」的迂論，覺得把它們活物拿來做囚徒當奚奴，不是什麼愉快的事，若是草木便沒有這些麻煩，讓它們直站在那裡便好，不但並不感到不自由，並且還真是生了根地不肯再動一動哩。但是要看樹木花草也不必一定種在自己的家裡，關起門來獨賞，讓它們在野外路旁，或是在人家粉牆之內也並不妨，只要我偶然經過時能夠看見兩三眼，也就覺得欣然，很是滿足的了。

　　樹木裡邊我所喜歡的第一種是白楊。小時候讀古詩十九首，讀過「白楊何蕭蕭，松柏夾廣路」之句，但在南方終未見過白楊，後來在北京才初次看見。謝在杭著《五雜俎》中云：

　　古人墓樹多植梧楸，南人多種松柏，北人多種白楊。白楊即青楊也，其樹皮白如梧桐，葉似冬青，微風擊之輒淅瀝有聲，故古詩云，白楊多悲風，蕭蕭愁殺人。予一日宿鄒縣驛館中，甫就枕即聞雨聲，竟夕不絕，侍兒曰，雨矣。予訝之曰，豈有竟夜雨而無檐溜者？質明視之，乃青楊樹也。南方絕無此樹。

　　《本草綱目》卷三五下引陳藏器曰：「白楊北上極多，人種壚墓間，樹大皮白，其無風自動者乃楊栘，非白楊也。」又寇宗奭云：「風才至，葉如大雨聲，謂無風自動則無此事，但風微時

其葉孤極處則往往獨搖，以其蒂長葉重大，勢使然也。」王象晉《群芳譜》則云楊有二種，一白楊，一青楊，白楊蒂長兩兩相對，遇風則籟籟有聲，人多植之墳墓間，由此可知白楊與青楊本自有別，但「無風自動」一節卻是相同。在史書中關於白楊有這樣的兩件故事：

《南史·蕭惠開傳》：「惠開為少府，不得志，寺內齋前花草甚美，悉剗除，別植白楊。」

《唐書·契苾何力傳》：「龍翔中司稼少卿梁脩仁新作大明宮，植白楊於庭，示何力曰，此木易成，不數年可茂。何力不答，但誦白楊多悲風蕭蕭愁殺人之句，脩仁驚悟，更植以桐。」

這樣看來，似乎大家對於白楊都沒有什麼樣好感。為什麼呢？這個理由我不大說得清楚，或者因為它老是籟籟的動的緣故罷。聽說蘇格蘭地方有一種傳說，耶穌受難時所用的十字架是用白楊木做的，所以白楊自此以後就永遠在發抖，大約是知道自己的罪孽深重。但是做釘的鐵卻似乎不曾因此有什麼罪，黑鐵這件東西在法術上還總有點位置的，不知何以這樣地有幸有不幸。（但吾鄉結婚時忌見鐵，凡門窗上鉸鏈等悉用紅紙糊蓋，又似別有緣故。）我承認白楊種在墟墓間的確很好看，然而種在齋前又何嘗不好，它那瑟瑟的響聲第一有意思。我在前面的院子裡種了一棵，每逢夏秋有客來齋夜話的時候，忽聞淅瀝聲，多疑是雨下，推戶出視，這是別種樹所沒有的佳處。梁少卿怕白楊的蕭蕭

改種梧桐。其實梧桐也何嘗一定吉祥，假如要講迷信的話，吾鄉有一句俗諺云，「梧桐大如斗，主人搬家走」，所以就是別莊花園裡也很少種梧桐的。這實在是一件很可惜的事，梧桐的枝幹和葉子真好看，且不提那一葉落知天下秋的興趣了。在我們的後院裡卻有一棵，不知已經有若干年了，我至今看了它十多年，樹幹還遠不到五合的粗，看它大有黃楊木的神氣，雖不厄閏也總長得十分緩慢呢。因此我想到避忌梧桐大約只是南方的事，在北方或者並沒有這句俗諺，在這裡梧桐想要如斗大恐怕不是容易的事罷。

第二種樹乃是烏桕，這正與白楊相反，似乎只生長於東南，北方很少見。陸龜蒙詩云，「行歇每依鴉舅影」，陸游詩云，「烏桕赤於楓，園林二月中」，又云，「烏桕新添落葉紅」，都是江浙鄉村的景象。《齊民要術》卷十列「五穀果蓏菜茹非中國物產者」，下注云：「聊以存其名目，記其怪異耳，愛及山澤草木任食非人力所種者，悉附於此，」其中有烏桕一項，引《玄中記》云：「荊陽有烏臼，其實如雞頭，送之如胡麻子，其汁味如豬脂。」《群芳譜》言：「江浙之人，凡高山大道溪邊宅畔無不種。」此外則江西安徽蓋亦多有之。關於它的名字，李時珍說：「烏喜食其子，因以名之。……或曰，其木老則根下黑爛成臼，故得此名。」我想這或曰恐太迂曲，此樹又名鴉舅，或者與烏不無關係，鄉間冬天賣野味有桕子烏（讀如呆鳥字），是道墟地方名物，此物殆是烏類乎，但是其味頗佳，平常所謂烏肉幾乎便指此烏也。

　　柏樹的特色第一在葉，第二在實。放翁生長稽山鏡水間，所以詩中常常說及柏葉，便是那唐朝的張繼寒山寺詩所云江楓漁火對愁眠，也是在說這種紅葉。王端履著《重論文齋筆錄》卷九論及此詩，注云：「江南臨水多植烏柏，秋葉炮霜，鮮紅可愛，詩人類指為楓，不知楓生山中，性最惡濕，不能種之江畔也。此詩江楓二字亦未免誤認耳。」范寅在《越諺》卷中柏樹項下說：「十月葉丹，即楓，其子可榨油，農皆植困邊。」就把兩者誤合為一。羅逸長《青山記》云：「山之麓朱村，蓋考亭之祖居也，自此倚石嘯歌，松風上下，遙望木葉著霜如猩丹，始見怪以為紅花，久之知為烏柏樹也。」《蓬窗續錄》云：「陸子淵《豫章錄》言，饒信間柏樹冬初葉落，結子放蠟，每顆作十字裂，一叢有數顆，望之若梅花初綻，枝柯潔曲，多在野水亂石間，遠近成林，真可作畫。此與柿樹俱稱美蔭，園圃植之最宜。」這兩節很能寫出柏樹之美，它的特色彷彿可以說是中國畫的，不過此種景色自從我離了水鄉的故國已經有三十年不曾看見了。

　　柏樹子有極大的用處，可以榨油製燭，《越諺》卷中蠟燭條下注曰：「卷芯草乾，熬柏油拖蘸成燭，加蠟為皮，蓋紫草汁則紅。」汪日幀著《湖雅》卷八中說得更是詳細：

　　中置燭心，外裹烏柏子油，又以紫草染蠟蓋之，曰柏油燭。用棉花子油者曰青油燭，用牛羊油者曰葷油燭。湖俗㸆神祭先必燃兩炬，皆用紅柏燭。婚嫁用之曰喜燭，綴蠟花者曰花燭，祝壽所用曰壽燭，喪家則用綠燭或白燭，亦柏燭也。

日本寺島安良編《和漢三才圖會》五八引《本草綱目》語云：「燭有蜜蠟燭、蟲蠟燭、牛脂燭、柏油燭」，後加案語曰：

案庸式云少府監每年供蠟燭七十挺，則元以前既有之矣。有數品，而多用木蠟牛脂蠟也。有油桐子鼇豆蒼耳子等為蠟者，火易滅。有鯨蝸油為蠟者，其焰甚臭，牛脂蠟亦臭。近年製精，去其臭氣，故多以牛蠟偽為木蠟，神佛燈明不可不辨。但是近年來蠟燭恐怕已是倒了運，有洋人替我們造了電燈，其次也有洋蠟洋油，除了拿到妙峰山上去之外大約沒有它的什麼用處了。就是要用蠟燭，反正牛羊脂也湊合可以用得，神佛未必會得見怪 —— 日本真宗的和尚不是都要娶妻吃肉了麼？那麼柏油並不再需要，田邊水畔的紅葉白實不久也將絕跡了罷。這於國民生活上本來沒有什麼關係，不過我想起來的時候總還有點懷念，小時候喜讀《南方草木狀》、《嶺表錄異》和《北戶錄》等書，這種脾氣至今還是存留著，秋天買了一部大板的《本草綱目》，很為我的朋友所笑，其實也只是為了這個緣故罷了。

## 莧菜梗

近日從鄉人處分得醃莧菜梗來吃，對於莧菜彷彿有一種舊雨之感。莧菜在南方是平民生活上幾乎沒有一天缺的東西，北方卻似乎少有，雖然在北平近來也可以吃到嫩莧菜了。查《齊民要術》中便沒有講到，只在卷十列有「人莧」一條，引《爾雅》郭注，但這一卷所講都是「五穀果蓏菜茹非中國物產者」，而《南史》中則常有此物出現，如《王智深傳》云，「智深家貧無人事，

嘗餓五日不得食,掘莧根食之」,又《蔡撙附傳》云,「撙在吳興不飲郡齋井,齋前自種白莧、紫茹,以為常餌,詔褒其清」,都是很好的例。

　　莧菜據《本草綱目》說共有五種,馬齒莧在外。蘇頌曰:「人莧、白莧俱大寒,其實一也,但大者為白莧,小者為人莧耳,其子霜後方熟,細而色黑。紫莧葉通紫,吳人用染爪者,諸莧中唯此無毒不寒。赤莧亦謂之花莧,莖葉深赤,根莖亦可糟藏,食之甚美味辛。五色莧今亦稀有,細莧俗謂之野莧,豬好食之,又名豬莧。」李時珍曰:「莧並三月撒種,六月以後不堪食,老則抽莖如人長,開細花成穗,穗中細子,扁而光黑,與青葙子、雞冠子無別,九月收之。」《爾雅‧釋草》,「蕢,赤莧」,郭注云,「今之莧赤莖者」,郝懿行疏乃云,「今驗赤莧莖葉純紫,濃如燕支,根淺赤色,人家或種以飾園庭,不堪啖也。」照我們經驗來說,嫩的紫莧固然可以瀹食,但是「糟藏」的卻都用白莧,這原只是一鄉的習俗,不過別處的我不知道,所以不能拿來比較了。

　　說到莧菜同時就不能不想到甲魚。《學圃余疏》云:「莧有紅白二種,素食者便之,肉食者忌與鱉共食。」《本草綱目》引張鼎曰:「不可與鱉同食,生鱉瘕,又取鱉肉如豆大,以莧菜封裹置土坑內,以土蓋之,一宿盡變成小鱉也。」其下接聯地引汪機曰:「此說屢試不驗。」《群芳譜》採張氏的話稍加刪改,而

末云「即變小鱉」之後卻接寫一句「試之屢驗」，與原文比較來看未免有點滑稽。這種神異的物類感應，讀了的人大抵覺得很是好奇，除了雀入大水為蛤之類無可著手外，總想怎麼來試他一試，莧菜鱉肉反正都是易得的材料，一經實驗便自分出真假，雖然也有越試越胡塗的，如《酉陽雜俎》所記，「蟬未脫時名復育，秀才韋翾莊在杜曲，常冬中掘樹根，見復育附於朽處，怪之，村人言蟬固朽木所化也，翾因剖一視之，腹中猶實爛木。」這正如剖雞胃中皆米粒，遂說雞是白米所化也。莧菜與甲魚同吃，在三十年前曾和一位族叔試過，現在族叔已將七十了，聽說還健在，我也不曾肚痛，那麼鱉瘕之說或者也可以歸入不驗之列了罷。

　　莧菜梗的製法須俟其「抽莖如人長」，肌肉充實的時候，去葉取梗，切作寸許長短，用鹽醃藏瓦壇中，候發酵即成，生熟皆可食。平民幾乎家家皆製，每食必備，與乾菜醃菜及螺螄霉豆腐千張等為日用的副食物，莧菜梗鹵中又可浸豆腐乾，鹵可蒸豆腐，味與「溜豆腐」相似，稍帶枯澀，別有一種山野之趣。讀外鄉人遊越的文章，大抵眾口一詞地譏笑土人之臭食，其實這是不足怪的，紹興中等以下的人家大都能安貧賤，敝衣惡食，終歲勤勞，其所食者除米而外唯菜與鹽，蓋亦自然之勢耳。乾醃者有乾菜，濕醃者以醃菜及莧菜梗為大宗，一年間的「下飯」差不多都在這裡。詩云，「我有旨蓄，可以御冬」，是之謂也，至於存置日久，乾醃者別無問題，濕醃則難免氣味變化，顧氣味有變而亦別

具風味，此亦是事實，原無須引西洋乾酪為例者也。

　　《邵氏聞見錄》云，汪信民常言，「人常咬得菜根則百事可做」，胡康侯聞之，擊節嘆賞。俗語亦云：「布衣暖，菜根香，讀書滋味長。」明洪應明遂作《菜根譚》以駢語述格言，《醉古堂劍掃》與《娑羅館清言》亦均如此，可見此體之流行一時了。咬得菜根，吾鄉的平民足以當之，所謂菜根者當然包括白菜芥菜頭，蘿蔔芋艿之類，而莧菜梗亦附其下，至於莧根雖然救了王智深的一命，實在卻無可吃，因為這只是梗的末端罷了，或者這裡就是梗的別稱也未可知。咬了菜根是否百事可做，我不能確說，但是我覺得這是頗有意義的，第一可以食貧，第二可以習苦，而實在卻也有清淡的滋味，並沒有蔌這樣難吃，膽這樣難嘗。這個年頭兒人們似乎應該學得略略吃得起苦才好。中國的青年有些太嬌養了，大抵連冷東西都不會吃，水果冰淇淋除外，我真替他們憂慮，將來如何上得前敵，至於那粉澤不去手，和穿紅裡子的夾袍的更不必說了。其實我也並不激烈地想禁止跳舞或抽白面，我知道在亂世的生活法中耽溺亦是其一，不滿於現世社會制度而無從反抗，往往沉浸於醇酒婦人以解憂悶，與山中餓夫殊途而同歸，後之人略跡原心，也不敢加以菲薄，不過這也只是近於豪傑之徒才可以，絕不是我們凡人所得以援引的而已。——喔，似乎離本題太遠了，還是就此打住，有話改天換了題目再談罷。

## 水裡的東西

　　我是在水鄉生長的，所以對於水未免有點情分。學者們說，人類曾經做過水族，小兒喜歡弄水，便是這個緣故。我的原因大約沒有這樣遠，恐怕這只是一種習慣罷了。

　　水，有什麼可愛呢？這件事是說來話長，而且我也有點兒說不上來。我現在所想說的單是水裡的東西。水裡有魚蝦，螺蚌，茭白，菱角，都是值得記憶的，只是沒有這些工夫來一一紀錄下來，經了好幾天的考慮，決心將動植物暫且除外。——那麼，是不是想來談水底裡的礦物類麼？不，絕不。我所想說的，連我自己也不明白它是那一類，也不知道它究竟是死的還是活的，它是這麼一種奇怪的東西。

　　我們鄉間稱它作 Ghosychiu，寫出字來就是「河水鬼」。它是溺死的人的鬼魂。既然是五傷之一 —— 五傷大約是水，火，刀，繩，毒罷，但我記得又有虎傷似乎在內，有點弄不清楚了，總之水死是其一，這是無可疑的，所以它照例應「討替代」。聽說吊死鬼時常騙人從圓窗伸出頭去，看外面的美景（還是美人）？倘若這人該死，頭一伸時可就上了當，再也縮不回來了。河水鬼的法門也就差不多是這一類，它每幻化為種種物件，浮在岸邊，人如伸手想去撈取，便會被拉下去，雖然看來似乎是他自己鑽下去的。假如吊死鬼是以色迷，那麼河水鬼可以說是以利誘了。它平常喜歡變什麼東西，我沒有打聽清楚，

我所記得的只是說變「花棒槌」，這是一種玩具，我在兒時聽見所以特別留意，至於所以變這玩具的用意，或者是專以引誘小兒亦未可知。但有時候它也用武力，往往有鄉人游泳，忽然沉了下去，這些人都是像蝦蟆一樣地「識水」的，論理絕不會失足，所以這顯然是河水鬼的勾當，只有外道才相信是由於什麼腳筋拘攣或心臟麻痺之故。

照例，死於非命的應該超度，大約總是唸經拜懺之類，最好自然是「翻九樓」，不過翻的人如不高妙，從七七四十九張桌子上跌了下來的時候，那便別樣地死於非命，又非另行超度不可了。翻九樓或拜懺之後，鬼魂理應已經得度，不必再討替代了，但為防萬一危險計，在出事地點再立一石幢，上面刻南無阿彌陀佛六字，或者也有刻別的文句的罷，我卻記不起來了。在鄉下走路，突然遇見這樣的石幢，不是一件很愉快的事，特別是在傍晚，獨自走到渡頭，正要下四方的渡船親自拉船索渡過去的時候。

話雖如此，此時也只是毛骨略略有點悚然，對於河水鬼卻壓根兒沒有什麼怕，而且還簡直有點兒可以說是親近之感。水鄉的住民對於別的死或者一樣地怕，但是淹死似乎是例外，實在怕也怕不得許多，俗語云，瓦罐不離井上破，將軍難免陣前亡，如住水鄉而怕水，那麼只好搬到山上去，雖然那裡又有別的東西等著，老虎，馬熊。我在大風暴中渡過幾回大樹港，

坐在二尺寬的小船內在白鵝似的浪上亂滾，轉眼就可以沉到底去，可是像烈士那樣從容地坐著，實在覺得比大元帥時代在北京還要不感到恐怖。還有一層，河水鬼的樣子也很有點愛嬌。普通的鬼保存它死時的形狀，譬如虎傷鬼之一定大聲喊阿唷，被殺者之必用一隻手提了它自己的六斤四兩的頭之類，唯獨河水鬼則不然，無論老的小的村的俊的，一掉到水裡去就都變成一個樣子，據說是身體矮小，很像是一個小孩子，平常三五成群，在岸上柳樹下「頓銅錢」，正如街頭的野孩子一樣，一被驚動便跳下水去，有如一群青蛙，只有這個不同，青蛙跳時「不東」的有水響，有波紋，它們沒有。為什麼老年的河水鬼也喜歡攤錢之戲呢？這個，鄉下懂事的老輩沒有說明給我聽過，我也沒有本領自己去找到說明。

我在這裡便聯想到了在日本的它的同類。在那邊稱作「河童」，讀如 Kappa，說是 Kawawappa 之略，意思即是川童二字，彷彿芥川龍之介有過這樣名字的一部小說，中國有人譯為「河伯」，似乎不大妥帖。這與河水鬼有一個極大的不同，因為河童是一種生物，近於人魚或海和尚。它與河水鬼相同要拉人下水，但也喜歡拉馬，喜歡和人角力。它的形狀大概如猿猴，色青黑，手足如鴨掌，頭頂下凹如碟子，碟中有水時其力無敵，水涸則軟弱無力，頂際有毛髮一圈，狀如額前瀏海，日本兒童有蓄此種髮者至今稱作河童發云。柳田國男在《山島民譚集》

（一九一四）中有一篇「河童駒引」的研究，岡田建文的《動物界靈異志》（一九二七）第三章也是講河童的，他相信河童是實有的動物，引《幽明錄》云，「水蝹一名蝹童，一名水精，裸形人身，長三五尺，大小不一，眼耳鼻舌唇皆具，頭上戴一盆，受水三五升，只得水勇猛。失水則無勇力，」以為就是日本的河童。關於這個問題我們無從考證，但想到河水鬼特別不像別的鬼的形狀，卻一律地狀如小兒，彷彿也另有意義，即使與日本河童的迷信沒有什麼關係，或者也有水中怪物的分子混在裡邊，未必純粹是關於鬼的迷信了罷。

　　十八世紀的人寫文章，末後常加上一個尾巴，說明寓意，現在覺得也有這個必要，所以添寫幾句在這裡。人家要懷疑，即使如何有閒，何至於談到河水鬼去呢？是的，河水鬼大可不談，但是河水鬼的信仰以及有這信仰的人卻是值得注意的。我們平常只會夢想，所見的或是天堂，或是地獄，但總不大願意來望一望這凡俗的人世，看這上邊有些什麼人，是怎麼想。社會人類學與民俗學是這一角落的明燈，不過在中國自然還不發達，也還不知道將來會不會發達。我願意使河水鬼來做個先鋒，引起大家對於這方面的調查與研究之興趣。我想恐怕喜歡頓銅錢的小鬼沒有這樣力量，我自己又不能做研究考證的文章，便寫了這樣一篇閒話，要想去拋磚引玉實在有點慚愧。但總之關於這方面是「佇候明教」。

## 歌謠與名物

北原白秋著《日本童謠講話》第十七章，題日〈水胡盧的浮巢〉，其文云：

列位，知道水胡盧的浮巢麼？現在就講這故事吧。

在我的故鄉柳河那裡，晚霞常把小河與水渠映得通紅。在那河與水渠上面架著圓洞橋，以前是走過一次要收一文橋錢的。從橋上望過去，垂柳底下茂生著蒲草與蘆葦，有些地方有紫的水菖蒲，白的菱花，黃的萍蓬草，或是開著，或是長著花苞。水流中間有叫做計都具利（案即是水胡盧）的小鳥點點的浮著，或沒到水裡去。這鳥大抵是兩只或四只結隊出來，像豆一樣的頭一鑽出水面來時，很美麗的被晚霞映得通紅，彷彿是點著了火似的。大家見了便都唱起來了：

Ketsuri no atama ni hinchiita, Sunda to omottara kekieta.

意思是說，水胡盧的頭上點了火了，一沒到水裡去就熄滅了。於是小鳥們便慌慌張張的鑽到水底里去了。再出來的時候，大家再唱，他又鑽了下去。這實在是很好玩的事。

關東（案指東京一帶）方面稱水鳥為年屈鳥。（案讀若 mugutcho，狩谷望之著《和名類聚抄籤注》卷七如此寫。）計都具利蓋係加以都布利一語方言之訛，向來通稱為爾保。（案讀若 nio，和字寫作鳥旁從入字。）

這水鳥的巢乃是浮巢。巢是造在河裡蘆葦或蒲草的近根處，可是造得很寬緩很巧妙，所以水漲時他會隨著上浮，水退時也就跟了退下去。無論何時這總在水中央浮著。在這圓的巢裡便伏著蛋，隨後孵化了，變成可愛的小雛鳥，張著嘴啼叫道：

咕嚕，咕嚕，咕嚕！

在五六月的晚霞中，再也沒有比那拉長了尾聲的水胡盧的啼聲更是寂寞的東西了。若是在遠遠的河的對岸，尤其覺得如此。不久天色暗了下來，這裡那裡人家的燈影閃閃的映照在水上。那時候連這水鳥的浮巢也為河霧所潤濕，好像是點著小洋燈似的在暮色中閃爍。

水胡盧的浮巢裡點上燈了，

點上燈了。

那個是，螢火麼，星星的尾麼，

或者是蝮蛇的眼光？

蝦蟇也閣閣的叫著，

閣閣的叫著。

睡罷睡罷，睡了罷。

貓頭鷹也呵呵的啼起來了。

這一首我所做的撫兒歌便是歌詠這樣的黃昏的情狀的。小時候我常被乳母背著，出門去看那螢火群飛的暗的河邊。對岸草叢中有什麼東西發著亮光，彷彿是獨眼怪似的覺得可怕，無端的發起抖來。簡直是同螢火一樣的蟲原來在這些地方也都住著呵。

這一篇小文章並沒有什麼了不得的地方，只因他寫一種小水鳥與兒童生活的關係，覺得還有意思，所以抄譯了來。這裡稍成問題的便是那水鳥。這到底是什麼鳥呢？據源順所著《和名類聚抄》說，即是中國所謂鷗鸕，名字雖是很面善，其形狀與生態卻是不大知道。《爾雅》與《說文解字》中是都有的，但不能得要領，這回連郝蘭皋也沒有什麼辦法了，結果只能從揚子雲的《方言》中得到一點材料：

野鳧，其小而好沒水中者，南楚之外謂之䳋䴥。

好沒水中，可以說是有點意味了，雖然也太簡單。我們只好離開經師，再去請教醫師。《本草綱目》卷四十七云：

《藏器》曰，䳋䴥，水鳥也，大如鳩，鴨腳連尾，不能陸行，常在水中，人至即沉，或擊之便起。其膏塗刀劍不鏽，續英華詩云，馬銜苜蓿葉，劍瑩䳋䴥膏，是也。時珍曰，䳋䴥南方湖溪多有之，似野鴨而小，蒼白文，多脂，味美，冬月取之。

日本醫師寺島良安著《和漢三才圖會》卷四十一引《本草》文後案語（原本漢文）云：

好入水食，似鳧而小，其頭赤翅黑而羽本白，背灰色，腹白，嘴黑而短，掌色紅也。雌者稍小，頭不赤為異。肉味有臊氣，不佳。

小野蘭山著《本草綱目啟蒙》卷四十三云：

形似鳧而小，較习鴨稍大。頭背翅均蒼褐色有斑，胸黃有紫斑，腹白，嘴黑色而短，尾亦極短，腳色赤近尾，故不能陸行，《集解》亦云。好相併浮游水上，時時出沒。水面多集藻類，造浮巢，隨風飄漾。

這裡描寫已頗詳盡，又集錄和漢名稱，根據《食物本草會纂》有一名曰水胡盧，使我恍然大悟，雖然我所見過的乃是在賣鳥肉的人的搭連裡，羽毛都已拔去，但我總認識了他，知道他肉不好吃，遠不及斑鳩。實在因為我知道是水胡盧，所以才來介紹那篇小文章，假如我只在古書上見到什麼䳋䴥鵁蹄等名，

便覺得有點隔膜，即使有好文章好歌謠也就難於抄譯了。輯錄歌謠似是容易事，其實有好些處要別的幫助，如方言調查，名物考證等皆是，蓋此數者本是民俗學範圍內的東西，相互的有不可分的關係者也。

關於水胡盧的記錄，最近見到川口孫治郎所著《日本鳥類生態學資料》第一卷（今年二月出版），其中有一篇是講這水鳥的，覺得很有意思。鳥的形色大抵與前記相似而更細密，今從略，其第五節記沒水法頗可備覽，譯述於下：

沒水時先舉身至中腹悉露出水面，俯首向下，急轉而潛水以為常。瞳孔的伸縮極是自由自在。此在飼養中看出者。

人如屢次近前，則沒水後久待終不復出。這時候他大抵躲在水邊有樹根竹株的土被水洗刷去了的地方，偷偷的偵察著人的動靜。也有沒有可以藏身的去處，例如四周都是細砂斜坡的寬大的池塘裡，沒水後不再浮出的事也常有之。經過很久的苦心精查，才能得到結果，其時他只將嘴露出水上，身在水中略張翼伸兩足，頭部以下悉藏水面下，等候敵人攻擊全去後再行出來。蓋此鳥鼻孔開口於嘴的中央部，故只須將嘴的大半露出水面，便可以長久的潛伏水中也。

川口此書是學術的著述，故殊少通俗之趣，但使我們知道水胡盧的一點私生活，也是很有趣味的。在十六七年前，川口曾著有《飛驒之鳥》正續二卷，收在爐邊叢書內，雖較零碎而觀察記錄謹嚴還是一樣，但惜其中無水胡盧的一項耳。

## 談養鳥

李笠翁著《閒情偶寄》頤養部行樂第一，「隨時即景就事行樂之法」下有「看花聽鳥」一款云：

花鳥二物，造物生之以媚人者也。既產嬌花嫩蕊以代美人，又病其不能解語，復生群鳥以佐之。此段心機竟與購覓紅妝，習成歌舞，飲之食之，教之誨之以媚人者，同一週旋之至也。而世人不知，目為蠢然一物，常有奇花過目而莫之睹，鳴禽悅耳而莫之聞者，至其捐資所買之侍妾，色不及花之萬一，聲僅竊鳥之緒餘，然而睹貌即驚，聞歌輒喜，為其貌似花而聲似鳥也。噫，貴似賤真，與葉公之好龍何異。予則不然。每值花柳爭妍之日，飛鳴鬥巧之時，必致謝洪鈞，歸功造物，無飲不奠，有食必陳，若善士信嫗之佞佛者，夜則後花而眠，朝則先鳥而起，唯恐一聲一色之偶遺也。及至鶯老花殘，輒怏怏如有所失，是我之一生可謂不負花鳥，而花鳥得予亦所稱一人知己死可無恨者乎。

又鄭板橋著《十六通家書》中，「濰縣署中與舍弟墨第二書」末有「書後又一紙」云：

所云不得籠中養鳥，而予又未嘗不愛鳥，但養之有道耳。欲養鳥莫如多種樹，使繞屋數百株，扶疏茂密，為鳥國鳥家，將旦時睡夢初醒，尚展轉在被，聽一片啁啾，如雲門咸池之奏，及披衣而起，頮面漱口啜茗，見其揚翬振彩，倏往倏來，目不暇給，固非一籠一羽之樂而已。大率平生樂處欲以天地為囿，江漢為池，各適其天，斯為大快，比之盆魚籠鳥，其巨細仁忍何如也。

　　李鄭二君都是清代前半的明達人，很有獨得的見解，此二文也寫得好。笠翁多用對句八股調，文未免甜熟，卻頗能暢達，又間出新意奇語，人不能及，板橋則更有才氣，有時由透徹而近於誇張，但在這裡二人所說關於養鳥的話總之都是不錯的。近來看到一冊筆記抄本，是乾隆時人秦書田所著的《曝背余談》，卷上也有一則云：

　　盆花池魚籠鳥，君子觀之不樂，以囚鎖之象寓目也。然三者不可概論。鳥之性情唯在林木，樊籠之與林木有天淵之隔，其為奸狴固無疑矣，至花之生也以土，魚之養也以水，江湖之水水也，池中之水亦水也，園囿之土土也，盆中之土亦土也，不過如人生同此居第少有廣狹之殊耳，似不為大拂其性。去籠鳥而存池魚盆花，願與體物之君子細商之。

　　三人中實在要算這篇說得頂好了，樸實而合於情理，可以說是儒家的一種好境界，我所佩服的《梵網戒疏》裡賢首所說「鳥身自為主」乃是佛教的，其徹底不徹底處正各有他的特色，未可輕易加以高下。抄本在此條下卻有硃批云：

　　此條格物尚未切到，盆水豢魚，不繁易淰，亦大拂其性。且玩物喪志，君子不必待商也。

　　下署名曰於文叔。查《余談》又有論種菊一則云：

　　李笠翁論花，於蓮菊微有軒輊，以藝菊必百倍人力而始肥大也。余謂凡花皆可藉以人力，而菊之一種止宜任其天然。蓋菊，花之隱逸者也，隱逸之侶正以蕭疏清癯為真，若以肥大為美，則是李勣之擇將，非左思之招隱矣，豈非失菊之性也乎。東籬主人，殆難屬其人哉，殆難屬其人哉。

其下有於文叔的硃批云：

李笠翁金聖嘆何足稱引，以昔人代之可也。

於君不贊成盆魚不為無見，唯其他思想頗謬，一筆抹殺笠翁聖嘆，完全露出正統派的面目，至於隨手抓住一句玩物喪志的咒語便來胡亂嚇唬人，尤為不成氣候，他的態度與《余談》的作者正立於相反的地位，無怪其總是格格不入也。秦書田並不聞名，其意見卻多很高明，論菊花不附和笠翁固佳，論魚鳥我也都同意。十五年前我在西山養病時寫過幾篇〈山中雜信〉，第四信中有一節云：

遊客中偶然有提著鳥籠的，我看了最不喜歡。我平常有一種偏見，以為作不必要的惡事的人比為生活所迫不得已而作惡者更為可惡，所以我憎惡蓄妾的男子，比那賣女為妾 —— 因貧窮而吃人肉的父母，要加幾倍。對於提鳥籠的人的反感也是出於同一的淵源。如要吃肉，便吃罷了。（其實飛鳥的肉於養生上也並非必要。）如要賞玩，在他自由飛鳴的時候可以儘量的看或聽，何必關在籠裡，擎著走呢？我以為這同喜歡纏足一樣的是痛苦的賞鑑，是一種變態的殘忍的心理。（十年七月十四日信。）

那時候的確還年青一點，所以說的稍有火氣，比起上邊所引的諸公來實在慚愧差得太遠，但是根本上的態度總還是相近的。我不反對「玩物」，只要不大違反情理。至於「喪志」的問題我現在不想談，因為我乾脆不懂得這兩個字是怎麼講，須得先來確定他的界說才行，而我此刻卻又沒有工夫去查《十三經註疏》也。

## 關於紅姑娘

　　日前校閱《銀茶匙》，看到前編二十四節講廟會裡玩具的地方，覺得很有意思。特別是紅姑娘，這是一種野草的果實，生得很好玩，是兒童所喜愛的東西。據說在《爾雅》中已經說及，但是普通稱為酸漿，最初見於《本草》，陶隱居曾說明過他的形狀，《本草衍義》裡寇宗奭卻講得更詳細一點，今引用於下：

　　酸漿，今天下皆有之，苗如天茄子，開小白花，結青殼，熟則深紅，殼中子大如櫻，亦紅色，櫻中復有細子，如落蘇之子，食之有青草氣。

　　明周憲王《救荒本草》也說得好：

　　姑娘菜，俗名燈籠兒，又名掛金燈，《本草》名酸漿，一名醋漿，生荊楚川澤及人家田園中，今處處有之，草高一尺餘，苗似水莨而小，葉似天茄兒葉窄小，又似人莧葉頗大而尖，開白花，結房如囊，似野西瓜，蒴形如撮口布袋，又類燈籠樣，囊中有實如櫻桃大，赤黃色，味酸。

　　鮑山《野菜博錄》卷中所記大旨相同，唯云一名紅燈籠兒。此外異名甚多，《本草綱目》卷十六李時珍說明之曰：

　　酸漿，以子之味名也。苦蘵，苦耽，以苗之味名也。燈籠，皮弁，以果之形名也。王母，洛神珠，以子之形名也。

　　紅姑娘之名蓋亦由於果實之形與色，此在元代已有之。張心泰著《宦海浮沉錄》中有〈塞外鳥獸草木雜識〉十一則，其第一則云：

117

　　《天祿識餘》引徐一夔《元故宮記》云，棕毛殿前有野果，名紅姑娘，外垂絳囊，中含赤子如珠，酸甜可食，盈盈繞砌，與翠草同芳。今京師人家多種，紅姑娘之名不改也。喬中丞《蘿摩亭雜記》卷八，北方有草，其實名紅姑娘，見明蕭洵《故宮遺錄》。今北方名豆姑娘者是也。崞縣趙志，紅姑娘一名王母珠，俗名紅梁梁，囊作絳黃色，中空，有子如紅珠，可醫喉痛。《歸綏志略》云，即《爾雅》所謂葴也。

　　吳其濬《植物名實圖考》卷十一「酸漿」條案語中引《元故宮記》，又云：

　　燕趙彼妹，披其橐鄂，以簪於髻，渥丹的的，儼然與火齊木難比麗。

　　元迺賢詩：「忽見一枝常十八，摘來插在帽檐前。」則以為常十八亦即是紅姑娘，不知確否。富察敦崇著《燕京歲時記》作於清末，中有云：

　　每至十月，市肆之間則有赤包兒鬥姑娘等物。赤包兒蔓生，形如甜瓜而小，至初冬乃紅，柔軟可玩。鬥姑娘形如小茄，赤如珊瑚，圓潤光滑，小兒女多愛之，故曰鬥姑娘。

　　案赤包兒即栝樓，鬥姑娘當初不明白是甚麼植物，看上文豆姑娘的名稱，可見這就是酸漿，雖然其意義仍不可解，豆與鬥二字不知那個是對的。（或當作逗？）綜結各種說法看來，大概酸漿的用處除藥料以外，其一是玩，其二是吃，現今鬥姑娘這名稱之外普通還稱作豆腐黏。但是在日本，兒童或者說婦孺愛酸漿的原因，第一還是在於玩，就是拿來吹著玩耍。據有些

用漢文寫的日本書籍來引用，如《本朝食鑒》卷四云：

酸漿，田園家圃皆種之，草不過二三尺，葉如藥匙頭而薄，四五月開小花，黃白色，紫心白蕊，狀如中華之杯，無瓣但有五尖，結一鈴殼，凡五棱，一枝一兩顆，下懸如燈籠之狀，夏青，至秋變赤，殼中一顆如金桔而深紅，作珊瑚色。女兒愛玩，去瓤核吹之，嚼之而鳴作草蛙之聲。或鹽漬藏封，為冬春之用，以為庖廚之供，或貯夏土用（案土用者土王用事，在夏中即伏天也）之井水，漬連赤殼之酸漿子，至冬春而外殼如紗，露中間之紅子，似白紗燈籠中之火，若過秋不換水則易敗也。

又《和漢三才圖會》卷九十四上云：

按酸漿五月開小花純白，蓋亦白色，蒂青，武州江戶，豐後平家山，河州茨田郡多出之，宿根自生。小兒除去中白子為虛殼，含之於舌上，壓吹則有聲，復吹擴則似提燈。其外皮五棱，生青熟赤，似絳囊，文理如蜻嶺翅而不柔脆。鹽漬可久貯。

這裡特別注意細密，如說白紗燈籠中之火，又說文理如蜻嶺翅膀，都很有趣味，又一特色則說到兒童怎樣吹酸漿子，蓋平常一提到酸漿，第一聯想便是如上文所說的鳴作草蛙之聲，據說原語保保豆岐意思即是鼓頰，雖然這在言語學者或者還未承認。吹酸漿子是中流以下婦女的事情，小女孩卻是別無界限，她們將殼剝開，挑選完全無疵的酸漿子，先用手指徐徐揉捏，待至全個柔軟了，才把蒂摘去，用心將瓤核一點點的擠出，單剩外皮，這樣就算成功了，放在嘴裡使他充滿空氣，隨後再咬下去，就會勾勾的作響。不過這也須要技術，不是隨便

咬就行的。小林一茶有一句俳句，大意云：（咬）酸漿的嘴相是阿姊的指教呀。這裡如《草與藝術》的著者金井紫雲所說，並無甚麼奇拔之處，也沒有一茶那一路的諷刺與飄逸，可是實情實景，老實的寫出。這樣用的酸漿普通有兩種，一稍大而色紅，日本名丹波酸漿，即中國的紅姑娘，一小而青，名千成酸漿，意云繁生，中國不知何名，姑稱為小酸漿，此外有海酸漿，那就不是植物的果實了。辛亥年若月紫蘭著有《東京年中行事》二卷，卷上有一節講賣酸漿的文章，說及酸漿的種類云：

　　在店頭擺著的酸漿種類很多，丹波酸漿不必說，海酸漿部門內有長刀，達磨，南京，倒生，吹火漢，等等，因形狀而定的種種名稱。有一時曾經流行過很怪相的朝鮮酸漿，現在卻全然不行了。近時盛行的有做成茄子，葫蘆，鴿子這些形狀的橡皮酸漿。所有這種酸漿，染成或紅或紫各種顏色，排列在店頭，走近前去就聞到一陣海酸漿的清新的海灘的香味，覺得說不出的愉快。聞了這氣味，看了這店面，不論東京的太太們或是小姑娘，不問是四十歲的中年女人，都想跑上前去，說給我一個吧。

　　海酸漿從前說是鱟魚的蛋，後來經人訂正，云都是海螺類的蛋殼，拿來開一孔，除去內容，色本微黃，以梅醋浸染，悉成紅色，有各種形相，隨意定名，本係膠質，比植物性的自更耐久，唯缺少雅趣耳。橡皮酸漿更是沒有意思，氣味殊惡劣，不及海酸漿猶有海的氣息，而且又出於人為，即使做得極精，亦總是化學膠質的玩具一類而已。

## 蚯蚓

　　忽然想到，草木蟲魚的題目很有意思，拋棄了有點可惜，想來續寫，這時候第一想起的就是蚯蚓，或者如俗語所云是曲蟮。小時候每到秋天，在空曠的院落中，常聽見一種單調的鳴聲，彷彿似促織，而更為低微平緩，含有寂寞悲哀之意，民間稱之曰曲蟮嘆窠，倒也似乎定得頗為確當。案崔豹《古今注》云：

　　蚯蚓一名蜿蟺，一名曲蟺，善長吟於地中，江東謂為歌女，或謂鳴砌。

　　由此可見蚯蚓歌吟之說古時已有，雖然事實上並不如此，鄉間有俗諺其原語不盡記憶，大意云，螻蛄叫了一世，卻被曲蟮得了名聲，正謂此也。

　　蚯蚓只是下等的蟲豸，但很有光榮，見於經書。在書房裡念四書，唸到《孟子·滕文公下》，論陳仲子處有云：

　　充仲子之操，則蚓而後可者也，夫蚓上食槁壤，下飲黃泉。

　　這樣他至少可以有被出題目做八股的機會，那時代聖賢立言的人們便要用了很好的聲調與字面，大加以讚歎，這與蟮同是難得的名譽。後來《大戴禮·勸學篇》中云：

　　蚓無爪牙之利，筋脈之強，上食埃土，下飲黃泉，用心一也。

　　又楊泉《物理論》云：

檢身止欲，莫過於蚓，此志士所不及也。

此二者均即根據孟子所說，而後者又把邵武士人在《孟子正義》中所云但上食其槁壤之土，下飲其黃泉之水的事，看作理想的極廉的生活，可謂極端的佩服矣。但是現在由我們看來，蚯蚓固然仍是而且或者更是可以佩服的東西，他卻並非陳仲子一流，實在乃是禹稷的一隊夥裡的，因為他是人類 —— 農業社會的人類的恩人，不單是獨善其身的廉士志士已也。這種事實在中國書上不曾寫著，雖然上食槁壤，這一句話也已說到，但是一直沒有看出其重要的意義，所以只好往外國的書裡去找。英國的懷德（Gilbert White）在《色耳彭的自然史》（*The Natural History of Selborne*）中，於一七七七年寫給巴林頓第三十五信中曾說及蚯蚓的重大的工作，它掘地鑽孔，把泥土弄鬆，使得雨水能沁入，樹根能伸長，又將稻草樹葉拖入土中，其最重要者則是從地下拋上無數的土塊來，此即所謂曲蟮糞，是植物的好肥料。他總結說：

土地假如沒有蚯蚓，則即將成為冷，硬，缺少發酵，因此也將不毛了。

達爾文從學生時代就研究蚯蚓，他收集在一年中一方碼的地面內拋上來的蚯蚓糞，計算在各田地的一定面積內的蚯蚓穴數，又估計他們拖下多少樹葉到洞裡去。這樣辛勤的研究了大半生，於一八八一年乃發表他的大著《由蚯蚓而起的植物性壤土之造成》，證明了地球上大部分的肥土都是由這小蟲的努力而做成的。

他說：

　　我們看見一大片滿生草皮的平地，那時應當記住，這地面平滑所以覺得很美，此乃大半由於蚯蚓把原有的不平處所都慢慢的弄平了。想起來也覺得奇怪，這平地的表面的全部都從蚯蚓的身子裡透過，而且每隔不多幾年，也將再被透過。耕犁是人類發明中最為古老也最有價值之一，但是在人類尚未存在的很早以前，這地乃實在已被蚯蚓都定期的耕過了。世上尚有何種動物，像這低級的小蟲似的在地球的歷史上，擔任著如此重要的職務者，這恐怕是個疑問吧。

　　蚯蚓的工作大概有三部分，即是打洞，碎土，掩埋。關於打洞，我們根據湯木孫的一篇《自然之耕地》，抄譯一部分於下：

　　蚯蚓打洞到地底下深淺不一，大抵二英呎之譜。洞中多很光滑，鋪著草葉。末了大都是一間稍大的房子，用葉子鋪得更為舒服一點。在白天裡洞門口常有一堆細石子，一塊土或樹葉，用以阻止蜈蚣等的侵入者，防禦鳥類的啄毀，保存穴內的潤濕，又可抵當大雨點。

　　在鬆的泥土打洞的時候，蚯蚓用他身子尖的部分去鑽。但泥土如是堅實，他就改用吞泥法打洞了。他的腸胃充滿了泥土，回到地面上把它遺棄，成為蚯蚓糞，如在草原與打球場上所常見似的。

　　蚯蚓吞嚥泥土，不單是為打洞，他們也吞土為的是土裡所有的腐爛的植物成分，這可以供他們做食物。在洞穴已經做好之後，拋出在地上的蚯蚓糞那便是為了植物食料而吞的土了，假如糞出得很多，就可推知這裡樹葉比較的少用為食物，如糞的數目很少，大抵可以說蚯蚓得到了好許多葉子。在洞穴裡可

以找到好些吃過一半的葉子，有一回我們得到九十一片之多。

在平時白天裡蚯蚓總是在洞裡休息，把門關上了。在夜間他才活動起來了，在地上尋找樹葉和滋養物，又或尋找配偶。打算出門去的時候，蚯蚓便頭朝上的出來，在拋出蚯蚓糞的時候，自然是尾巴在上邊，他能夠在路上較寬的地方或是洞底里打一個轉身的。

碎土的事情很是簡單，吞下的土連細石子都在胃裡磨碎，成為細膩的粉，這是在蚯蚓糞可以看得出來的。掩埋可以分作兩點。其一是把草葉樹子拖到土裡去，吃了一部分以外多腐爛了，成為植物性壤土，使得土地肥厚起來，大有益於五穀和草木。其二是從底下拋出糞土來把地面逐漸掩埋了。地平並未改變，可是底下的東西搬到了上邊來。這是很好的耕田。據說在非洲西海岸的一處地方，每一方裡面積每一年裡有六萬二千二百三十三噸的土搬到地面上來，又在二十七年中，二英呎深地面的泥土將顆粒不遺的全翻轉至地上云。達爾文計算在英國平常耕地每一畝中平均有蚯蚓五萬三千條，但如古舊休閒的地段其數目當增至五十萬。此一畝五萬三千的蚯蚓在一年中將把十噸的泥土悉自腸胃透過，再搬至地面上。在十五年中此土將遮蓋地面厚至三寸，如六十年即積一英呎矣。這樣說起來，蚯蚓之為物雖微小，其工作實不可不謂偉大。古人云，民以食為天，蚯蚓之功在稼穡，謂其可以與大禹或后稷相比，不亦宜歟。

　　末後還想說幾句話，不算什麼關謠，亦只是聊替蚯蚓表明真相而已。《太平御覽》九四七引郭景純《蚯蚓贊》云：

　　蚯蚓土精，無心之蟲，交不以分，淫於阜螽，觸而感物，乃無常雄。

　　又引劉敬叔《異苑》，云宋元嘉初有王雙者，遇一女與為偶，後乃見是一青色白領蚯蚓，於時咸謂雙暫同阜螽矣。案由此可知晉宋時民間相信蚯蚓無雄，與阜螽交配，這種傳說後來似乎不大流行了，可是他總有一種特性，也容易被人誤解，這便是雌雄同體這件事。懷德的觀察錄中昆蟲部分有一節關於蚯蚓的，可以抄引過來當資料，其文云：

　　蚯蚓夜間出來躺在草地上，雖然把身子伸得很遠，卻並不離開洞穴，仍將尾巴末端留在洞內，所以略有警報就能急速的退回地下去。這樣伸著身子的時候，凡是夠得著的什麼食物也就滿足了，如草葉，稻草，樹葉，這些碎片他們常拖到洞穴裡去。就是在交配時，他的下半身也絕不離開洞穴，所以除了住得相近互相夠得著的以外，沒有兩個可以得有這種交際，不過因為他們都是雌雄同體的，所以不難遇見一個配偶，若是雌雄異體則此事便很是困難了。

　　案雌雄同體與自為雌雄本非一事，而古人多混而同之。《山海經·南山經》中云：

　　有獸焉，其狀如狸而有髦，其名曰類，自為牡牝，食者不妒。

　　郝蘭皋《疏》轉引《異物誌》云：靈貓一體，自為陰陽。又

三《北山經》云，帶山有鳥名曰鵸鵌，是自為牝牡，亦是一例。
而王崇慶在《釋義》中乃評云：

> 鳥獸自為牝牡，皆自然之性，豈特鵸鵌也哉。

此處唯理派的解釋固然很有意思，卻是誤解了經文，蓋所
謂自者非謂同類而是同體也。郭景純《類贊》云：

> 類之為獸，一體兼二，近取諸身，用不假器，窈窕是佩，
> 不知妒忌。

說的很是明白。但是郭君雖博識，這裡未免小有謬誤，因
為自為牝牡在事實上是不可能的，只有笑話中說說罷了，粗鄙
的話現在也無須傳述。《山海經》裡的鳥獸我們不知道，單只
就蚯蚓來說，它的性生活已由動物學者調查清楚，知道它還是
二蟲相交，異體受精的，瑞德女醫師所著《性是什麼》，書中
第二章論動物間性，舉水螅，蚯蚓，蛙，雞，狗五者為例，我
們可以借用講蚯蚓的一小部分來做說明。據說蚯蚓全身約共有
百五十節，在十三節有卵巢一對，在十及十一節有睾丸各兩
對，均在十四節分別開口，最奇特的是在九至十一節的下面左
右各有二口，下為小囊，又其三二至三七節背上顏色特殊，在
產卵時分泌液質作為繭殼。凡二蟲相遇，首尾相反，各以其九
至十三節一部分下面相就，輸出精子入於對方的四小囊中，乃
各分散，及卵子成熟時，背上特殊部分即分泌物質成筒形，蚯
蚓乃縮身後退，筒身擦過十三四節，卵子與囊中精子均黏著其
上，遂以併合成胎，蚓首縮入筒之前端，此端即封閉，及首退

出後端，亦隨以封固而成繭矣。以上所述因力求簡要，說的很有欠明白的地方，但大抵可以明了蚯蚓生殖的情形，可知雌雄同體與自為牝牡原來並不是一件事。蚯蚓的名譽和我們本是風馬牛不相及，也不必替它爭辨，不過為求真實起見，不得不說明一番，目的不是寫什麼科學小品，而結果搬了些這一類的材料過來，雖不得已，亦是很抱歉的事也。

## 螢火

　　近年多看中國舊書，因為外國書買不到，線裝書雖也很貴，卻還能入手，又卷帙輕便，躺著看時拿了不吃力，字大悅目，也較為容易懂。可是看得久了多了，不免會發生厭倦，第一是覺得單調，千年前後的人所說的話沒有多大不同，有時候或者後人比前人還要胡塗點也不一定，因此第二便覺得氣悶。從前看過的書，後來還想拿出來看，反覆讀了不厭的實在很少，大概只有《詩經》，其中也以《國風》為主，《陶淵明集》和《顏氏家訓》而已。在這些時候，從書架上去找出塵土滿面的外國書來消遣，也是常有的事。

　　前幾天忽然想到關於螢火說幾句閒話，可是最先記起來總是腐草化為螢以及丹鳥羞白鳥的典故，這雖然出在正經書裡，也頗是新奇，卻是靠不住，至少是不能通行的了。案《禮記·月令》云：

季夏之月，腐草為螢。

《逸周書·時訓解》云：

大暑之日，腐草化為螢。腐草不化為螢，谷實鮮落。

這裡說得更是嚴重，彷彿是事關化育，倘若至期腐草不變成螢火，便要五穀不登，大鬧饑荒了。《爾雅》：螢火即炤。郭璞注，夜飛，腹下有火。這裡並沒有說到化生，但是後來的人總不能忘記《月令》的話，邢昺《爾雅疏》，陸佃《新義》及《埤雅》，羅願《爾雅翼》，都是如此。邵晉涵《正義》不必說了，就是王引之《廣雅疏證》也難免這樣。《本草綱目》引陶弘景曰：

此是腐草及爛竹根所化，初時如蛹，腹下已有光，數日變而能飛。

李時珍則詳說之曰：

螢有三種。一種小而宵飛，腹下光明，乃茅根所化也。《呂氏月令》所謂腐草化為螢者也。一種長如蛆蠋，尾後有光，無翼不飛，乃竹根所化也。一名蠲，俗名螢蛆。《明堂月令》所謂腐草化為蠲者是也，其名宵行。茅竹之根夜視有光，復感濕熱之氣，遂變化成形爾。一種水螢，居水中。唐李子卿《水螢賦》所謂彼何為而化草，此何為而居泉，是也。

錢步曾《百廿蟲吟》中「螢」項下自注云：

螢有金銀二種。銀色者早生，其體纖小，其飛遲滯，恆集於庭際花草間，乃宵行所化。金色者入夏季方有，其體豐腴，其飛迅疾，其光閃爍不定，恆集於水際茭蒲及田塍豐草間，相傳為牛冀所化。蓋牛食草出冀，草有融化未淨者，受雨露之沾

濡，變而為螢，即《月令》腐草為螢之意也。余嘗見牛溲坌積處飛螢叢集，此其驗矣。

又汪日楨《湖雅》卷六「螢」下云：

按，有化生，初似蛹，名蝍，亦名螢，俗呼火百腳，後乃生翼能飛為螢。有卵生，今年放螢於屋內，明年夏必出細螢。

案以上諸說均主化生，唯郝懿行《爾雅義疏》反對《本草》陶李二家之說，云：

今驗螢火有二種，一種飛者，形小頭赤，一種無翼，形似大蛆，灰黑色，而腹下火光大於飛者，乃《詩》所謂宵行，《爾雅》之即炤亦當兼此二種，但說者止見飛螢耳。又說茅竹之根夜皆有光，復感濕熱之氣，遂化成形，亦不必然。蓋螢本卵生，今年放螢火於屋內，明年夏細螢點點生光矣。

寥寥百十字，卻說得確實明白，所云螢之二種實即是雌雄兩性，至斷定卵生尤為有識，汪謝城引用其說，乃又模棱兩可，以為卵生之外別有化生，未免可笑。唯郝君亦有格致未精之處，如下文云：

《夏小正》，丹鳥羞白鳥。丹鳥謂丹良，白鳥謂蚊蚋。《月令疏》引皇侃說，丹良是螢火也。

羅端良在宋時卻早有異議提出，《爾雅翼》卷二十七「螢」下云：

《夏小正》曰，丹鳥羞白鳥。此言螢食蚊蚋。又今人言，赴燈之蛾以螢為雌，故誤赴火而死。然螢小物耳，乃以蛾為雄，以蚊為糧，皆未可輕信。

從中國舊書裡得來的關於螢火的知識就是這些，雖然也還不錯，可是披沙揀金，殊不容易，而且到底也不怎麼精確，要想知道得更多一點，只好到外國書中去找尋了。專門書本是沒有，就是引用了來也總是不適合，所以這裡所說也無非只是普通的，談生物而有文學的趣味的幾冊小書而已。英國懷德以《色耳彭的自然史》著名於世，在這裡邊卻未嘗講到螢火，但是《蟲豸觀察雜記》中有一則云：

觀察兩個從野間捉來放在後園的螢火，看出這些小生物在十一二點鐘之間熄滅他們的燈光，以後通夜間不再發亮。雄的螢火為蠟燭光所引，飛進房間裡來。

這雖是短短的一兩句話，卻很有意思，都是出於實驗，沒有一點兒虛假。懷德生於一七二〇年，即清康熙五十九年，我查考《疑年錄》，發見他比戴東原大三歲，比袁子才卻還要小四歲，論時代不算怎麼早，可是這樣有趣味的記錄在中國的乾嘉諸老輩的著作中卻是很不容易找到，所以這不能不說是很可珍重的了。其次法國的法勃耳（Fabre），在他的大著《昆蟲記》（*Souvenirs entomologiques*）中有一篇談螢火的文章，告訴我們好些新奇的事情。最奇怪的是關於螢火的吃食，據他說，螢火雖然不吃蚊子，所吃的東西卻比蚊子還要奇特，因為這乃是櫻桃大小的帶殼的蝸牛。若是蝸牛走著路，那是最好了，即使停留著，將身子縮到殼裡去，腳部總有一點兒露出，螢火便上前去用他嘴邊的小鉗子輕輕的捌上幾下。這鉗子其細如髮，上邊有一道槽，用顯微鏡才看得出，從這裡流出毒藥來，注射進蝸

牛身裡去，其效力與麻醉藥相等。法勃耳曾試驗過，他把被螢火搊過四五下的蝸牛拿來檢查，顯已人事不知，用針炙他也無知覺，可是並未死亡，經過昏睡兩日夜之後，蝸牛便即恢復健康，行動如常了。由此可知螢火所用的乃是全身麻醉的藥，正如果螢之類用毒針麻倒桑蟲蚱蜢，存起來供幼蟲食用，現在不過是現麻現吃，似乎與《水滸》裡的下迷子比較倒更相近。螢火的身體很小，要想吃蚊子便已不大可能，如羅端良所懷疑的，現在卻來吃蝸牛，可以說是大奇事。法勃耳在《螢火》一文中云：

螢火並不吃，如嚴密的解釋這字的意義。他只是飲，他喝那薄粥，這是他用了一種方法，令人想起那蛆蟲來，將那蝸牛製造成功的。正如麻蒼蠅的幼蟲一樣，他也能夠先消化而後享用，他在將吃之前把那食物化成液體。

《昆蟲記》中有幾篇講金蒼蠅麻蒼蠅的文章，從實驗上說明蛆蟲食肉的情形，他們吐出一種消化藥，大概與高級動物的胃液相同，塗在肉上，不久肉即銷融成為流質。螢火所用的也就是這種方法，他不能咬了來吃，卻可以當作粥喝，據說在好幾個螢火暢飲一頓之後，蝸牛只是一個空殼，什麼都沒有餘剩了。丹鳥羞白鳥，我們知道它不合理，事實上卻是螢火吃蝸牛，這自然界的怪異又是誰所料得到的呢。

法勃耳生於一八二三年，即清道光三年，與李少荃是同年的，所以還是近時人，其所發現的事知道的不很多，但即使人

家都知道了螢火吃蝸牛，也不見得會使他怎麼有名，本來螢火之所以為螢火的乃別有在，即是他在尾巴上點著燈火。中國名稱除螢火之外還有即炤、輝夜、景天、放光、宵燭等，都與火光有關。希臘語曰蘭普利斯，意云亮尾巴，拉丁文學名沿稱為闌辟利思，英法則名之為發光蟲。據《昆蟲記》所說，在螢火腹中的卵也已有光，從皮外看得出來，及至孵化為幼蟲，不問雌雄尾上都點著小燈，這在郝蘭皋也已經知道了。雄螢火蛻化生翼，即是形小頭赤者，燈光並不加多，雌者卻不蛻化，還是那大蛆的狀態，可是亮光加上兩節，所以腹下火光大於飛者了。這是一種什麼物質，法勃耳說也並不是磷，與空氣接觸而發光，腹部有孔可開閉以為調節。法勃耳敘述夜中往捕幼螢，長僅五公釐，即中國尺一分半，當初看見在草葉上有亮光，但如誤觸樹枝少有聲響，光即熄滅，遂不可復見。迨及長成，便不如此，他曾在螢火籠旁放槍，了無聞知，繼以噴水或噴煙，亦無甚影響，間有一二熄燈者，不久立即復燃，光明如舊。夜半以前是否熄燈，文中未曾說及，但懷德前既實驗過，想亦當是確實的事。螢火的光據法勃耳說：

　　其光色白，安靜，柔軟，覺得彷彿是從滿月落下來的一點火花。可是這雖然鮮明，照明力卻頗微弱。假如拿了一個螢火在一行文字上面移動，黑暗中可以看得出一個個的字母，或者整個的字，假如這並不太長，可是這狹小的地面以外，什麼也都看不見了。這樣的燈光會得使讀者失掉耐性的。

看到這裡，我們又想起中國書裡的一件故事來。《太平御覽》卷九百四十五引《續晉陽秋》云：

車胤，字武子，好學不倦，家貧不常得油，夏月則練囊盛數十螢火，以夜繼日焉。

這囊螢照讀成為讀書人的美談，流傳很遠，大抵從唐朝以後一直傳誦下來，不過與上邊《昆蟲記》的話比較來看，很有點可笑。說是數十螢火，燭光能有幾何，即使可用，白天花了工夫去捉，卻來晚上用功，豈非徒勞，而且風雨時有，也是無法。《格致鏡原》卷九十六引成應元《事統》云：

車胤好學，常聚螢光讀書，時值風雨，胤嘆曰，天不遣我成其志業耶。言訖，有大螢傍書窗，比常螢數倍，讀書訖即去，其來如風雨至。

這裡總算替車君彌縫了一點過來，可是已經近於誌異，不能以常情實事論了。這些故事都未嘗不妙，卻只是宜於消閒，若是真想知道一點事情的時候，便濟不得事。近若干年來多讀線裝舊書，有時自己疑心是否已經有點中了毒，像吸大煙的一樣，但是畢竟還是常感覺到不滿意，可見真想做個國粹主義者實在是不大容易也。

## 賦得貓 —— 貓與巫術

　　我很早就想寫一篇講貓的文章。在我的《書信》裡與俞平伯君書中有好幾處說起，如廿一年十一月十三日云：

　　昨下午北院葉公過訪，談及索稿，詞連足下，未知有勞山的文章可以給予者歟。不佞只送去一條窮袴而已，雖然也想多送一點，無奈材料缺乏，別無可做，久想寫一小文以貓為主題，亦終於未著筆也。

　　葉公即公超，其時正在編輯《新月》。十二月一日又云：

　　病中又還了一件文債，即新印《越諺》跋文，此後擬專事翻譯，雖胸中尚有一貓，蓋非至一九三三年未必下筆矣。

　　但二十二年二月二十五日又云：

　　近來亦頗有志於寫小文，仍有暇而無閒，終未能就，即一年前所說的貓亦尚任其屋上亂叫，不克捉到紙上來也。

　　如今已是一九三七，這四五年中信裡雖然不曾再說，心裡卻還是記著，但是終於沒有寫成。這其實倒也罷了，到現在又來寫，卻為什麼緣故呢？

　　當初我想寫貓的時候，曾經用過一番工夫。先調查貓的典故，並覓得黃漢的《貓苑》二卷，仔細檢讀，次又讀外國小品文，如林特（R・Lynd），密倫（A・A・Milne），卻貝克（K・Capek）等，公超又以路加思（E・V・Lucas）文集一冊見贈，使我得見所著談動物諸文，尤為可感。可是愈讀愈胡塗，簡直

不知道怎樣寫好,因為看過人家的好文章,珠玉在地,不必再去擺上一塊磚頭,此其一。材料太多,貪吃便嚼不爛,過於躊躇,不敢下筆,此其二。大約那時的意思是想寫《草木蟲魚》一類的文章,所以還要有點內容,講點形式,卻是不大容易寫,近來覺得這也可以不必如此,隨便說說話就得了,於是又拿起那個舊題目來,想寫幾句話交卷。這是先有題目而作文章的,故曰賦得,不過我寫文章是以不切題為宗旨的,假如有人想拿去當作賦得體的範本,那是上當非淺,所以請大家不要十分認真才好。

現在我的寫法是讓我自己來亂說,不再多管人家的鳥事。以前所查過的典故看過的文章幸而都已忘卻了,《貓苑》也不翻閱,想到什麼可寫的就拿來用。這裡我第一記得清楚的是一件老姨與貓的故事,出在霽園主人著的《夜談隨錄》裡。此書還是前世紀末讀過,早已散失,乃從友人處借得一部檢之,在第六卷中,是夜星子二則中之一。其文云:

京師某官家,其祖留一妾,年九十餘,甚老耄,居後房,上下呼為老姨。日坐炕頭,不言不笑,不能動履,形似饑鷹而健飯,無疾病。嘗畜一貓,與相守不離,寢食共之。官一幼子尚在襁褓,夜夜啼號,至曉方輟,匝月不癒,患之。俗傳小兒夜啼謂之夜星子,即有能捉之者。於是延捉者至家,禮待甚厚,捉者一半老婦人耳。是夕就小兒旁設桑弧桃矢,長大不過五寸,矢上系素絲數丈,理其端於無名之指而拈之。至夜半月色上窗,兒啼漸作,頃之隱隱見窗紙有影倏進倏卻,彷彿一婦

人，長六七寸，操戈騎馬而行。捉者擺手低語曰，夜星子來矣來矣！巫彎弓射之，中肩，唧唧有聲，棄戈返馳，捉者起急引絲率眾逐之。拾其戈觀之，一搓線小竹籤也。跡至後房，其絲竟入門隙，群呼老姨，不應，因共排闥燃燭入室，遍覓無所見。搜尋久之，忽一小婢驚指曰，老姨中箭矣！眾視之，果見小矢釘老姨肩上，呻吟不已，而所畜貓猶在胯下也，鹹大錯愕，巫為拔矢，血流不止。捉者命撲殺其貓，小兒因不復夜啼，老姨亦由此得病，數日亦死。

後有蘭岩評語云：

怪出於老姨，誠不知其何為，想系貓之所為，老姨龍鍾為其所使耳。卒乃中箭而亡，不亦冤乎。

同卷中又有貓怪三則，今悉不取，此處評者說是貓之所為亦非，蓋這篇夜星子的價值重在是一件巫蠱案，貓並不是主，乃是使也。我很想知道西漢的巫蠱詳情，可是沒有工夫去查考，所以現在所說的大抵是以西歐為標準，巫蠱當作 Witch-craft 的譯語，所謂使即是 Familiars 也。英國藹堪斯泰因女士（Lina Eckenstein）曾著《兒歌之研究》（*Comparative Studies in Nursery Rhymes*），二十年前所愛讀，其遺稿《文字的咒力》（*A Spell of Words*，一九三二）中第一篇云「貓及其同幫」，於我頗有用處。

第一章貓或狗中云：

在北歐古代貓也算是神聖不可犯的，又用作犧牲。木桶裡的貓那種殘酷的遊戲在不列顛一直舉行，直至近代。這最好是用一隻貓，在得不到的時候，那就用煙煤，加入桶中。

在法蘭西比利時直至近代，都曾舉行公開的用貓的儀式。聖約翰祭即中夏夜，在巴黎及各處均將活貓關在籠裡，拋到火堆裡去。在默茲地方，這個習俗至一七六五年方才廢除。比利時的伊不勒思及其他城市，在聖灰日即四旬齋的第一日舉行所謂貓祭，將活貓從禮拜堂塔頂擲下，意在表示異端外道就此都廢棄了。貓是與古代女神茀賴耶有系屬的，據說女神嘗跟著軍隊，坐了用許多貓拉著的車子。書上說現在伊不勒思尚留有遺址，原是獻給一個女神的廟宇。

第二章貓與巫中又云：

貓在歐洲當作家畜，其事當直在母權社會的時代。貓是巫的部屬，其關係極密切，所以巫能化貓，而貓有時亦能幻作巫形。兔子也有同樣的情形，這曾被叫做草貓的。德國有俗諺云，貓活到二十歲便變成巫，巫活到一百歲時又變成一隻貓。

一五八四年出版的巴耳溫的《留心貓兒》中有這樣的話，巫是被許可九次把她自己化為貓身。《羅密歐與茱麗葉》中諦巴耳特說，你要我什麼呢？麥邱細阿答說，美貓王，我只要你九條性命之一而已。據英法人說，女人同貓一樣也有九條性命，但在格倫綏則云那老太太有七條性命正如一隻黑貓。

又有俗諺云，貓有九條性命，而女人有九隻貓的性命。（案此即八十一條性命矣。）

巫可以變化為貓或兔，十七世紀的知識階級還都相信這是可能的事。

燒貓的習俗，茀來則博士（J・G・Frazer）自然知道得最多，可惜我只有一冊節本的《金枝》（*The Golden Bough*），只可簡單的抄幾句。在六十四章火裡燒人中云：

在法國阿耳登思省，四旬齋的第一星期日，貓被扔到火堆裡去，有時候殘酷稍為醇化了，便將貓用長竿掛在火上，活活的烤死。他們說，貓是魔鬼的代表，無論怎麼受苦都不冤枉。

他又解釋燒諸動物的理由云：

我們可以推想，這些動物大約都被算作受了魔法的咒力的，或者實在就是男女巫，他們把自己變成獸形，想去進行他們的鬼計，損害人類的福利。這個推測可以證實，只看在近代火堆裡常被燒死的犧牲是貓，而這貓正是據說巫所最喜變的東西，或者除了兔以外。

這樣大抵可以說明老姨與貓的關係。總之老姨是巫無疑了，貓是她的不可分的系屬物。理論應該是老姨她自己變了貓去作怪，被一箭射中貓肩，後來卻發見這箭是在她的身上。如散茂斯（M‧Summers）在所著《殭屍》（*The Vampire*，一九二八）第三章殭屍的特性及其習慣中云：

這是在各國妖巫審問案件中常見的事，有巫變形為貓或兔或別的動物，在獸形時遇著危險或是受了損傷，則回覆原形之後在他的人身上也有著同樣的傷或別的損害。

這位散茂斯先生著作頗多，此外我還有他的名著《變狼人》（*The Werewolf*）、《巫術的歷史》（*A Popular History of Witchcraft*）與《巫術的地理》（*The Geography of Witchcraft*），就只可惜他是相信世上有巫術的，這又是非聖無法故該死的，因此我有點不大敢請教，雖然這些題目都頗珍奇，也是我所想知道的事。吉忒勒其教授（G‧L‧Kittredge）的《舊新英倫之巫術》

（*Witchcraft in Old and New England*，一九二九）第十章變形中
亦云：

關於貓巫在獸形時受害，在其原形受有同樣的傷，有無數
的近代的例證。

在小注中列舉書名出處甚多。吉忒勒其曾編訂英國古民謠
為我所記憶，今此書亦是我愛讀的，其小序中有一節云：

有見於近時所出講巫術的諸書，似應慎重一點在此聲明，
我並不相信黑術（案即害他的巫術），或有魔鬼干預活人的日常
生活。

由是可知他的態度是與《殭屍》的著者相反的，我很有同
感，可是文獻上的考據還是一樣，蓋檔案與大眾信心固是如
此，所謂泰山可移而此案難翻者也。

話又說了回來，老姨卻並不曾變貓，所以不是屬於這一部
類的。這頭貓在老姨只是一種使，或者可稱為鬼使（Familiar
spirit）。茂來女士（M·A·Murray）於一九二一年著《西歐的巫
教》（*The Witch-cult in Western Europe*），辨明所謂巫術實是古代
的原始宗教之餘留，也是我所尊重的一部書，其第八章論使與
變形是最有價值的論斷。據她在這裡說：

蘇格蘭法律家富比士說過，魔鬼對於他們給與些小鬼，以
通訊息，或供使令，都稱作古怪名字，叫著時它們就答應。這
些小鬼放在瓦罐或是別的器具裡。

大抵使有兩種，一云占卜使，即以通訊息，猶中國的樟柳

神，一云畜養使，即以供使令，猶如蠱也。書中又云：

畜養使平常總是一種小動物，特別用麵包牛乳和人血餵養，又如富比士所云，放在木匣或瓦罐裡，底墊羊毛。這可以用了去對於別人的身體或財產使行法術，卻絕不用以占卜。吉法特在十六世紀時記述普通一般的所信云：巫有她們的鬼使，有的只一個，有的更多，自二以至四五，形狀各不相同，或像貓，黃鼠狼，癩蝦蟆，或小老鼠，這些她們都用牛乳或小雞餵養，或者有時候讓它們吸一點血喝。

在早先的審問案件裡巫女招承自刺手或臉，將流出來的血滴給鬼使吃。但是在後來的案件裡這便轉變成鬼使自己喝巫女的血，所以在英國巫女算作特色的那冗乳（案即贅疣似的多餘的乳頭），普通都相信就是這樣舐吮而成的。

吉忒勒其教授云：

一五五六年在千斯福特舉行的伊裡查白時代巫女大審問的第一案裡，貓就是鬼使。這是一頭白地有斑的貓，名叫撒但，喝血吃。

恰好在茂來女士書裡有較詳的記載，我們能夠知道這貓本來是法蘭色斯從祖母得來的，後來她自己養了十五六年，又送給一位老太太華德好司，再養了九年，這才破案。因為本來是小鬼之流，所以又會轉變，如那頭貓後來就化為一隻癩蝦蟆了。法庭記錄（見茂來書中）說：

據該嫗華德好司供，伊將該貓化為蟾蜍，系因當初伊用瓦罐中墊羊毛養放該貓，歷時甚久，嗣因貧窮不能得羊毛，伊遂用聖父聖子聖靈之名禱告願其化為蟾蜍，於是該貓化為蟾蜍，

養放罐中，不用羊毛。

這是一個理想的好例，所以大家都首先援引，此外鬼使作貓形的還不少，茂來女士書中云：

一六二一年在福斯東地方擾害費厄法克思家的巫女中，有五人都有畜養使的。惠惑的是一個怪相的東西，有許多只腳，黑色，粗毛，像貓一樣大。惠惑的女兒有一鬼使，是一隻貓，白地黑斑，名叫印及思。狄勃耳有一大黑貓，名及勃，已經跟了她有四十年以上了。她的女兒所有鬼使是鳥形的，黃色，大如鴉，名曰喁唥。狄更生的鬼使形如白貓，名菲利，已養了有二十年。

由此可知貓的地位在那裡是多麼高的了。吉忒勒其教授書中（仍是第十章）又云：

馴養的鄉村的貓，在現今流行的迷信裡，還保存著好些他的魔性。貓會得吸睡著的小孩的氣，這個意見在舊的和新的英倫（案即英美兩國）仍是很普遍。又有一種很普遍的思想，說不可令貓近死屍，否則會把屍首毀傷。這在我們本國（案即美國）變成了一種高明的說法，云：勿使貓近死人，怕他會捕去死者的靈魂。我們記得，靈魂常從睡著的人的嘴裡爬出來，變成小老鼠的模樣！

講到這裡我們可以知道老姨的貓是屬於這一類的畜養使，無論是鬼王派遣來，或是養久成了精，總之都是供老姨的使令用的，所以跨了當馬騎正是當然的事。到了後來時不利兮騅不逝，主人無端中了流矢，貓也就殉了義，老姨一案遂與普通巫女一樣的結局了。

　　我聽人家所講貓的故事裡，還有一件很有意思的，即是貓替猴子伸手到火爐裡抓煨栗子吃，覺得十分好玩，想拿來做文章的主題，可是末了終於決定借用這老姨的貓。為什麼呢？這件故事很有意思，因為這與中國的巫蠱和歐洲的巫術都有關係，雖然原只是一篇誌異的小說。以漢朝為中心的巫蠱事情我很想知道，如上邊所已說過，只是尚無這個機緣，所以我在幾本書上得來的一點知識單是關於巫術的。那些巫，馬披，沙滿，藥師等的哲學與科學，在我都頗有興趣而且稍能理解，其荒唐處固自言之成理，亦復別有成就，克拉克教授在《西歐的巫教》附錄中論一女所用飛行藥膏的成分，便是很有趣的一例。其結論云：

　　我不能說是否其中那一種藥會發生飛行的感覺，但這裡使用烏頭（Aconite）我覺得很有意思。睡著的人的心臟動作不勻使人感覺突然從空中下墜，今將用了使人昏迷的莨菪與使心臟動作不勻的烏頭配合成劑，令服用者引起飛行的感覺，似是很可能的事。

　　這樣戳穿西洋鏡似乎有點殺風景，不如戈耶所畫老少二女白身跨一掃帚飛過空中的好，我當然也很愛好這西班牙大匠的畫；但是我也很喜歡知道這三個藥方，有如打聽得祝由科的幾門手法或會黨的幾句口號，雖不敢妄希仙人的他心通，唯能多察知一點人情物理，亦是很大的喜悅。茂來女士更證明中古巫術原是原始的地亞那教（Diana-Cult）之留遺，其男神名地亞奴

思，亦名耶奴思（Janus），古羅馬稱正月即從此神名衍出，通行至今，女神地亞那之徒即所謂巫，其儀式乃發生繁殖的法術也。雖然我並不喜歡吃菜事魔，自然更沒有騎掃帚的興趣，但對於他們鬼鬼祟祟的花樣卻不無同情，深覺得宗教審問院的那些烤打殺戮大可不必。多年前我讀英國克洛特（E・Clodd）的《進化論之先驅》（*Pioneers of Evolution from Thales to Huxley*）與勒吉（W・E・H・Lecky）的《歐洲唯理思想史》（*History of the Rise and Influence of the Spirit of Rationalism in Europe*），才對於中古的巫術案覺得有注意的價值，就能力所及略為涉獵，一面對那時政教的權威很生反感，一面也深感危懼，看了心驚眼跳，不能有隔岸觀火之樂，蓋人類原是一個，我們也有文字獄思想獄，這與巫術案本是同一類也。歐洲的巫術案，中國的文字獄思想獄，都是我所怕卻也就常還想（雖然想了自然又怕）的東西，往往互相牽引連帶著，這幾乎成了我精神上的壓迫之一。想寫貓的文章，第一挑到老姨，就是為這緣故。該姨的確是個老巫，論理是應該重辦的，幸而在中國偶得免肆諸市朝，真是很難得的，但是拿來與西洋的巫術比較了看也仍是極有意思的事。中國所重的文字獄思想獄是儒教的，基督教的教士敬事上帝，異端皆非聖無法，儒教的文士諂事主君，犯上即大逆不道，其原因有宗教與政治之不同，故其一可以隨時代過去，其一則不可也。我們今日且談巫術，論老姨與貓，若文字獄等亦是很好題目，容日後再談，蓋其事言之長矣。

143

## 附記

黃漢《貓苑》卷下引《夜談隨錄》,云有李侍郎從苗疆攜一苗婆歸,年久老病,嘗養一貓酷愛之,後為夜星子,與原書不合,不知何所本,疑未可憑信。

## 貓頭鷹

陸璣《毛詩草木鳥獸蟲魚疏》卷下,「流離之子」條下云:

流離,梟也,自關而西謂梟為流離。適長大還食其母,故張云,鷱鵋食母,許慎云,梟不孝鳥,是也。

趙佑《校正》案語云:

竊以鴞梟自是一物,今俗所謂貓頭鷹,謂即古之鴞鳥一名休鶹者,人常捕之。頭似貓而翼尾似鷹,目晝昏夜明,故捕之常以晝,其鳴常以夜,如號泣。哺其子既長,母老不能取食以應子求,則掛身樹上,子爭啖之飛去。其頭懸著枝,故字從木上鳥,而梟首之象取之。以其性貪善餓,又聲似號,故又從號,而枵腹之義取之。

梟鴟害母這句話,在中國大約是古已有之。其實貓頭鷹只是容貌長得古怪,聲音有點特別罷了。除了依照肉食鳥的規矩而行動之外,並沒有什麼惡行。世人卻很不理解他,不但十分嫌惡,還要加以意外的譏謗。中國文人不知從那裡想出來地說他啄母食母,趙鹿泉又從而說明之,好像是實驗過的樣子,可

是那頭掛得有點蹊蹺，除非是像胡蜂似的咬住了樹枝睡午覺。
姚元之《竹葉亭雜記》卷六有一則云：

> 乙卯二月，余在籍，一日喧傳滌岑有大樹自鳴，聞者甚
> 眾，至晚觀者亦眾。以爆驅之，聲少歇；少頃復鳴，如此數夜。
> 其聲若人長吟，乍高乍低，不知何怪，言者俱以為不祥，後
> 亦無他異。有老人云，鴞鳥生子後即不飛，俟其子啄其肉以自
> 哺。啄時即哀鳴，數日食盡則止。有人搜樹視之，果然。可知
> 少見多怪，天下事往往如是也。

還有一本什麼人的筆記，我可惜忘記了，裡邊也談到這個
問題，說鴞鳥不一定食母，只是老了大抵被食，窠內有毛骨可
以為證。這是說他未必不孝，不過要吃同類，卻也同樣地不公
平，而且還引毛骨證明其事，尤其是莫須有的冤獄了。英國懷
德（Gilbert White）在《色耳邦自然史》中所說卻很不同，這在
一七七三年七月八日致巴林頓氏第十五信中：

> 講到貓頭鷹，我有從威耳茲州的紳士聽來的一件事可以告
> 訴你。他們正在挖掘一棵空心的大秦皮樹，這裡邊做了貓頭鷹
> 的館舍已有百十來年了，那時他在樹底發見一堆東西，當初簡
> 直不知道是什麼。略經檢查之後，他看出乃是一大團的鼪鼠的
> 骨頭（或者還有小鳥和蝙蝠的），這都從多少代的住客的嗉囊中
> 吐出，原是小團球，經過歲月便積成大堆了。蓋貓頭鷹將所吞
> 吃的東西的骨頭毛羽都吐出來，同那鷹一樣。他說，樹底下這
> 種物質一共總有好幾斗之多。

姚元之所記事為乾隆六十年，即西曆一七九五，為懷德死
後二年，而差異如此，亦大奇也。據懷德說，貓頭鷹吞物而吐

出其毛骨，可知啄母云云蓋不可能。斯密士（R·B·Smith）著《鳥生活與鳥志》（*Bird Life and Bird Lore*），凡文十章皆可讀，第一章談貓頭鷹，敘其食鼠法甚妙：

> 馴養的白貓頭鷹——馴者如此，所以野生者抑或如此——處分所捉到的一個鼴鼠的方法甚是奇妙。他銜住老鼠的腰約有一兩分鐘，隨後忽然把頭一擺，將老鼠拋到空中，再接住了，頭在嘴裡。頭再擺，老鼠頭向前吞到喉裡去了，只剩尾巴拖在外邊，經過一兩分鐘沉思之後，頭三擺，尾巴就不見了。

上邊又有一節講他吐出毛骨的事，不辭煩聒，抄錄在這裡，因為文章也寫得清疏，不但可為貓頭鷹作辯護也。

> 他的家如在有大窟洞的樹裡的時候，你將時常發見在洞底裡有一種軟塊，大約有一斗左右的份量，這當初是一個個的長圓的球，裡邊全是食物之不消化部分，即他所吞食的動物的毛羽骨頭。這是自然的一種巧妙安排，使得貓頭鷹還有少數幾種鳥如馬糞鷹及魚狗凡是囫圇吞食的，都能因了猛烈的接連的用力把那些東西從嘴裡吐出來。在檢查之後，這可以確實地證明，就是獵場監督或看守人也都會明白，他不但很有益於人類，而且向來人家說他所犯的罪如殺害小竹雞小雛雞等事他也完全沒有。在母鳥正在孵蛋的樹枝間或地上，又在她的忠實的配偶坐著看護著的鄰近的樹枝間，都可以見到這些毛團保存著完整的橢圓形。這軟而濕的毛骨小塊裡邊，我嘗找出有些甲蟲或蟺螂的硬甲，這類食物從前不曾有人會猜想到是白貓頭鷹所很愛吃的。德國人是大統計學家，德國博物學者亞耳通博士曾仔細地分析過許多貓頭鷹所吐的毛團。他在住倉貓頭鷹的七百另六個毛團裡查出二千五百二十五個大鼠，鼴鼠，田鼠，臭老

鼠，蝙蝠的殘骨，此外只有二十二個小鳥的屑片，大抵還是麻雀。檢查別種的貓頭鷹，其結果也相彷彿。據說狗如沒有骨頭吃便要生病，故鼠類的毛骨雖然是不消化的東西，似乎在貓頭鷹的消化作用上卻是一種必要的幫助。假如專用去了毛骨的肉類飼養貓頭鷹，他就將憔悴而死。

這末了的一句話是確實的，我在民國初年養過一隻小貓頭鷹，不過半年就死了，因為專給他好肉吃，實在也無從去捉老鼠來飼他。《一切經音義》七引舍人曰，狂一名茅鴟，喜食鼠，大目也。中國古人說梟鴟說得頂好的恐怕要算這一節了吧。

中國關於動物的謠言向來很多，一直到現在沒有能弄清楚。螟蛉有子的一件梁朝陶弘景已不相信，又有後代好些學者附議，可是至今還有好古的人堅持著化生之說的。事實勝於雄辯，然而觀察不清則實驗也等於幻想。《酉陽雜俎》十六廣動植中云：

蟬未脫時名復育，相傳言蛄蟖所化。秀才韋翾莊在杜曲，嘗冬中掘樹根，見復育附於朽處，怪之，村人言蟬固朽木所化也。翾因剖一視之，腹中猶實爛木。

即其一例。姚元之以樹中鳴聲為老鴉被食，又有人以所吐毛骨為證，是同一覆轍，但在英國的鄉下紳士見之便不然了，他知道貓頭鷹是吞食而又吐出毛骨的，這些又都是什麼小動物的毛骨。中國學者如此格物，何能致知，科學在中國之不發達蓋自有其所以然也。

## 烏鴉與鸚鵡

古人觀察事物，常有粗枝大葉的地方，往往留下錯誤，這樣地方後人當糾察補正，不宜隨和敷衍，繼承下去。舉一個例，如自然物之倫理化便是。

第一是自然中之無生物，不過近似譬喻罷了，也還沒有什麼，如《老子》中說：「疾風不終朝，暴雨不終日，天地尚不能久，而況於人乎？」第二是生物，這便很成為問題，因為人類的倫理關係不是生物界所有的。最顯著的兩個例，是羔羊跪乳，與烏鴉反哺。這兩句話已經成了口頭禪，常聽見人說，其實卻是錯誤的，因為與事實不符。我們的確看見，小羊吃奶的時候把兩隻腿折了跪下來，但是這裡跪的意義很不相同。即是人們把跪拜看作很嚴重的事，乃是人類歷史上的近事，羔羊是不會有這種觀念的，所以它的折腿完全為的自己的方便，不關道德事的。還有那烏鴉，窠在高樹上，很難看得清楚，但是燕子在人家簷下或是堂前做窠，可以看得明白，母燕銜了蟲類回窠的時候，小燕子都昂著頭，張著嘴，等候哺食，有時小燕的嘴便直伸入母燕的口中去，在頭腦混沌的書生見了，可能把它們的關係顛倒了，認為小燕是在反哺哩。生物的生活規則是為謀種族生存，以求得個體的生存為本，所以在人類以外的動物社會裡，倫理第一原則是「子為母綱」，到得知道父母子女相互的關係，規定兩方面有互相供養的義務，那是人類特有的倫理，在

羊和烏鴉之間是還未曾發見的。

　　還有，以為動物與人類有同樣的理智，所以有同樣的技能，這也是錯誤的。語言是人所特有的一種技能，如今說動物也有，便是幻想，如猩猩及鸚鵡等是。動物園裡的黑猩猩雖然能吃大菜，抽雪茄煙種種技藝，卻不能說話，這有事實證明。鸚鵡和八哥能夠模仿人的說話，這是事實，但它也是模仿為止，不能瞭解它的意義，來和人對話。中國筆記和小說裡說它們懂人講話，同人一個樣子，那是沒有根據的。唐人宮怨詩云：「含情慾說宮中事，鸚鵡前頭不敢言。」今人題畫，五色鸚鵡上題句云：「汝好說是非，有話不在汝前頭說。」都是不合事實。但唐朝人作詩尚可，若作普通道理，則講不過去，畫也只能當作諷刺畫看。

# 只想緩緩走著，看沿路的景色

## 村裡的戲團隊

去不去到裡趙看戲文？七斤老捏住了照例的那四尺長的毛竹旱煙管站起來說。

好吧。我躊躇了一會才回答，晚飯後舅母叫表姊妹們都去做什麼事去了，反正差不成馬將。

我們出門往東走，面前的石板路朦朧地發白，河水黑黝黝的，隔河小屋裡「哦」的嘆了一聲，知道劣秀才家的黃牛正在休息。再走上去就是外趙，走過外趙才是裡趙，從名字上可以知道這是趙氏聚族而居的兩個村子。

戲臺搭在五十叔的稻地上，臺屁股在半河裡，泊著班船，讓戲子可以上下。臺前站著五六十個看客，左邊有兩間露天看臺，是趙氏搭了請客人坐的。我因了五十嬸的招待坐了上去，臺上都是些堂客，老是嗑著瓜子，鼻子裡聞著猛烈的頭油氣。戲臺上點了兩盞烏黯黯的發煙的洋油燈，侉侉侉地打著破鑼，不一會兒有人發表來了，大家舉眼一看，乃是多福綱司，鎮塘殿的蛋船裡的一位老大，頭戴一頂灶司帽，大約是扮著什麼朝代的皇帝。他在正面半桌背後坐了一分鐘之後，出來踱了一趟，隨即有一個赤背赤腳，單繫一條牛頭水褲的漢子，手拿兩張破舊的令旗，夾住了皇帝的腰胯，把他一直送進後臺去了。接著出來兩三個一樣赤著背，挽著紐糾頭的人，起首亂跌，將他們的背脊向臺板亂撞亂磕，碰得板都發跳，煙塵陡亂，據說

是在「跌鯽魚爆」，後來知道在舊戲的術語裡叫做摔殼子。這一摔花了不少工夫，我漸漸有點憂慮，假如不是誰的脊樑或是臺板摔斷一塊，大約這場跌打不會中止。好容易這兩三個人都平安地進了臺房，破鑼又侉侉地開始敲打起來，加上了鬥鼓的格答格答的聲響，彷彿表示要有重要的事件出現了。忽然從後臺唱起「呀」的一聲，一位穿黃袍，手拿象鼻刀的人站在臺口，臺下起了喊聲，似乎以小孩的呼笑為多：

「彎老，豬頭多少錢一斤？……」

「阿九阿九，橋頭吊酒，……」

我認識這是橋頭賣豬肉的阿九。他拿了象鼻刀在臺上擺出好些架勢，把眼睛輪來輪去的，可是在小孩們看了似乎很是好玩，呼號得更起勁了，其中夾著一兩個大人的聲音道：

「阿九，多賣點力氣。」

一個穿白袍的撅著一枝兩頭槍奔出來，和阿九遇見就打，大家知道這是打更的長明，不過誰也和他不打招呼。

女客嗑著瓜子，頭油氣一陣陣地熏過來。七斤老靠了看臺站著，打了兩個呵欠，抬起頭來對我說道，到那邊去看看吧。

我也不知道那邊是什麼，就爬下臺來，跟著他走。到神桌跟前，看見桌上供著五個紙牌位，其中一張綠的知道照例是火神菩薩。再往前走進了兩扇大板門，即是五十叔的家裡。堂前一頂八仙桌，四角點了洋蠟燭，在差馬將，四個人差不多都是

認識的。我受了「麥鑊燒」的供應，七斤老在抽他的旱煙——「灣奇」，站在人家背後看得有點入迷。胡裡胡塗地過了好些時光，很有點兒倦怠，我催道，再到戲文臺下溜一溜吧。

嗡，七斤老含著旱煙管的咬嘴答應。眼睛仍望著人家的牌，用力地喝了幾口，把菸蒂頭磕在地上，別轉頭往外走，我拉著他的煙必子，一起走到稻地上來。

戲臺上烏黯黯的臺亮還是發著煙，堂客和野小孩都已不見了，臺下還有些看客，零零落落地大約有十來個人。一個穿黑衣的人在臺上蹀著。原來這還是他阿九，頭戴毗盧帽，手執仙帚，小丑似的把腳一伸一伸地走路，恐怕是「合鉢」裡的法海和尚吧。

站了一會兒，阿九老是蹀著，拂著仙帚。我覺得煙必子在動，便也跟了移動，漸漸往外趨方面去，戲臺留在後邊了。

忽然聽得遠遠地破鑼侉侉地響，心想阿九這一齣戲大約已做完了吧。路上記起兒童的一首俗歌來，覺得寫得很好：

臺上紫雲班，臺下都走散。
連連關廟門，東邊牆壁都爬坍。
連連扯得住，只剩一擔餛飩擔。

## 廠甸

　　琉璃廠是我們很熟的一條街。那裡有好些書店，紙店，賣
印章墨盒子的店，而且中間東首有信遠齋，專賣蜜餞糖食，那
有名的酸梅湯十多年來還未喝過，但是杏脯蜜棗有時卻買點來
吃，到底不錯。不過這路也實在遠，至少有十里罷，因此我也
不常到琉璃廠去，雖說是很熟，也只是一個月一回或三個月兩
回而已。然而廠甸又當別論。廠甸云者，陰曆元旦至上元十五
日間琉璃廠附近一帶的市集，遊人眾多，如南京的夫子廟，吾
鄉的大善寺也。南新華街自和平門至琉璃廠中間一段，東西路
旁皆書攤，西邊土地祠中亦書攤而較整齊，東邊為海王村公
園，雜售兒童食物玩具，最特殊者有長四五尺之糖胡盧及數十
成群之風車，凡玩廠甸歸之婦孺幾乎人手一串。自琉璃廠中間
往南一段則古玩攤咸在焉，廠東門內有火神廟，為高級古玩攤
書攤所薈萃，至於琉璃廠則自東至西一如平日，只是各店關門
休息五天罷了。廠甸的情形真是五光十色，遊人中各色人等都
有，擺攤的也種種不同，適應他們的需要，兒歌中說得好：

　　新年來到，糖瓜祭灶。
　　姑娘要花，小子要炮。
　　老頭子要戴新呢帽，
　　老婆子要吃大花糕。

　　至於我呢，我自己只想去看看幾冊破書，所以行蹤總只在

南新華街的北半截，迤南一帶就不去看，若是火神廟那簡直是十里洋場自然更不敢去一問津了。

　　說到廠甸，當然要想起舊曆新年來。舊曆新年之為世詬病也久矣，維新志士大有滅此朝食之概，鄙見以為可不必也。問這有多少害處？大抵答語是廢時失業，花錢。其實最享樂舊新年的農工商他們在中國是最勤勉的人，平日不像官吏教員學生有七日一休沐，真是所謂終歲作苦，這時候閒散幾天也不為過，還有那些小販趁這熱鬧要大做一批生意，那麼正是他們工作最力之時了。過年的消費據人家統計也有多少萬，其中除神馬炮仗等在我看了也覺得有點無謂外，大都是吃的穿的看的玩的東西，一方面需要者願意花這些錢換去快樂，一方面供給者出賣貨物得點利潤，交易而退各得其所，不見得有什麼地方不對。假如說這錢花得冤了，那麼一年裡人要吃一千多頓飯，算是每頓一毛共計大洋百元，結果只做了幾大缸糞，豈不也是冤枉透了麼？飯是活命的，所以大家以為應該吃，但是生命之外還該有點生趣，這才覺得生活有意義，小姑娘穿了布衫還要朵花戴戴，老婆子吃了中飯還想買塊大花糕，就是為此。舊新年除與正朔不合外別無什麼害處，為保存萬民一點生趣起見還是應當存留，不妨如從前那樣稱為春節，民間一切自由，公署與學校都該放假三天以至七天。—— 話說得太遠了，還是回過來談廠甸買書的事情罷。

廠甸的路還是有那麼遠，但是在半個月中我去了四次，這與玄同半農諸公比較不免是小巫之尤，不過在我總是一年裡的最高紀錄了。二月十四日是舊元旦，下午去看一次，十八十九廿五這三天又去，所走過的只是所謂書攤的東路西路，再加上土地祠，大約每走一轉要花費三小時以上。所得的結果並不很好，原因是近年較大的書店都矜重起來，不來擺攤，攤上書少而價高，像我這樣「爬螺螄船」的漁人無可下網。然而也獲得幾冊小書，覺得聊堪自慰。其一是《戴氏注論語》二十卷合訂一冊，大約是戴子高送給譚仲修的罷，上邊有「復堂所藏」及「譚獻」這兩方印。這書擺在東路南頭的一個攤上，我問一位小夥計要多少錢，他一查書後黏著的紙片上所寫「美元」字樣，答說五元。我嫌貴，他說他也覺得有點貴，但是定價要五元。我給了兩元半，他讓到四元半，當時就走散了。後來把這件事告訴玄同，請他去巡閱的時候留心一問，承他買來就送給我，書末寫了一段題跋云：

民國廿三年二月廿日啟明遊舊都廠甸肆，於東莞倫氏之通學齋書攤見此譚仲修丈所藏之戴子高先生《論語注》，悅之，以告玄同，翌日廿一玄同往遊，遂購而奉贈啟明。

跋中廿日實是十九，蓋廿日係我寫信給玄同之日耳。

其二是《白華絳柎閣詩》十卷，二冊一函。此書我已前有，今偶然看見，問其價亦不貴，遂以一元得之。《越縵堂詩話》的編者雖然曾說，「清季詩家以吾越李蓴客先生為冠，《白華絳

157

柟閣集》近百年來無與輩者，」我於舊詩是門外漢，對於作者自己「誇詡殆絕」的七古更不知道其好處，今買此集亦只是鄉曲之見，詩中多言及故鄉景物殊有意思，如卷二〈夏日行柯山裡村〉一首云：「溪橋才度庫篷船，村落陰陰不見天。兩岸屏山濃綠底，家家涼閣聽鳴蟬。」很能寫出山鄉水村的風景，但是不到過的也看不出好來罷。

其三是兩冊叢書零種，都是關於陸氏《草木鳥獸蟲魚疏》的，即焦循的《詩陸氏疏疏》，南菁叢刻本，與趙佑的《毛詩陸疏校正》，聚學軒本。我向來很喜歡陸氏的蟲魚疏，只是難得好本子，所有的就是毛晉的《陸疏廣要》和羅振玉的新校正本，而羅本又是不大好看的仿宋排印的，很覺得美中不足。趙本據《邵亭書目》說它好，焦本列舉引用書名，其次序又依《詩經》重排，也有他的特長，不過收在大部叢書中，無從抽取，這回都得到了，正是極不易遇的偶然。翻閱一過，至「流離之子」一條，趙氏案語中云：「竊以鴟鴞自是一物，今俗所謂貓頭鷹，……哺其子既長，母老不能取食以應子求，則掛身樹上，子爭啖之飛去，其頭懸著枝，故字從木上鳥，而鼻首之象取之。」貓頭鷹之被誣千餘年矣，近代學者也還承舊說，上文更是疏狀詳明有若目擊，未免可笑。學者籤經非不勤苦，而於格物欠下工夫，往往以耳為目，趙書成於乾隆末，距今百五十年矣，或者亦不足怪，但不知現在何如，相信鴟不食母與烏不反哺者現在可有多少人也。

## 一歲貨聲

　　從友人處借來閒步庵所藏一冊抄本，名曰《一歲貨聲》，有光緒丙午（一九〇六）年序，蓋近人所編，記錄一年中北京市上叫賣的各種詞句與聲音，共分十八節，首列除夕與元旦，次為二月至十二月，次為通年與不時，末為商販工藝鋪肆。序文自署「閒園鞠農偶志於延秋山館」，其文亦頗有意思，今錄於後：

　　蟲鳴於秋，鳥鳴於春，發其天籟，不擇好音，耳遇之而成聲，非有所愛憎於人也。而聞鵲則喜，聞鴉則唾，各適其適，於物何有，是人之聰明日鑿而自多其好惡者也。朝逐於名利之場，暮奪於聲色之境，智昏氣餒，而每好擇好音自居，是其去天之愈遠而不知也。嗟乎，雨怪風盲，驚心濺淚，詩亡而禮壞，亦何處尋些天籟耶？然而天籟亦未嘗無也，而觀夫以其所蘊，陡然而發，自成音節，不及其他，而猶能少存乎古意者，其一歲之貨聲乎。可以辨鄉味，知勤苦，紀風土，存節令，自食乎其力，而益人於常行日用間者固非淺鮮也。朋來亦樂，雁過留聲，以供夫後來君子。

　　凡例六則。其一云：「凡一歲貨聲注重門前，其鋪肆設攤工藝趕集之類，皆附入以補不足。」其二云：「凡貨聲率分三類，其門前貨物者統稱貨郎，其修作者為工藝，換物者為商販，貨郎之常見者與一人之特賣者聲色又皆不同。」其四云：「凡同人所聞見者，僅自咸同年後，去故生新，風景不待十年而已變，至今則已數變矣。往事淒涼，他年窹寐，聲猶在耳，留贈後人。」說明貨聲的時代及範圍種類已甚明了，其紀錄方法亦甚精

細，其五則云：「凡貨聲之從口旁諸字者，用以葉其土音助語而已，其字下疊點者，是重其音，像其長聲與餘韻耳。」如五月中賣桃的唱曰：

櫻桃嘴的桃嗝嗷嘖啊……

即其一例。又如賣硬麵餑餑者，書中記其唱聲曰：

硬麵唵，餑啊餑……

則與現今完全相同，在寒夜深更，常聞此種悲涼之聲，令人撫然，有百感交集之概。賣花生者曰：

脆瓤兒的落花生啊，芝麻醬的一個味來，抓半空兒的 ──
多給。

這種呼聲至今也時常聽到，特別是單賣那所謂半空兒的……大約因為應允多給的緣故罷，永遠為小兒女輩所愛好。昔有今無，固可嘆慨，若今昔同然，亦未嘗無今昔之感，正不必待風景不殊舉目有山河之異也。

自來紀風物者大都止於描寫形狀，差不多是譜錄一類，不大有注意社會生活，講到店頭擔上的情形者。《譫葊文飯小品》卷三〈遊滿井記〉中有這幾句話：

賣飲食者邀訶好火燒，好酒，好大飯，好果子。

很有破天荒的神氣，《帝京景物略》及《陶庵夢憶》亦尚未能注意及此。

清光緒中富察敦崇著《燕京歲時記》，於六月中記冰胡兒曰：

京師暑伏以後，則寒賤之子擔冰吆賣曰：冰胡兒！胡者核也。

又七月下記菱角雞頭曰：

七月中旬則菱芡已登，沿街吆賣曰：老雞頭，才下河。蓋皆御河中物也。

但其所記亦遂只此二事，若此書則專記貨聲，描模維肖，又多附以詳註，斯為難得耳。著者自序稱可以辨鄉味，知勤苦，紀風土，存節令，此言真實不虛，若更為補充一句，則當云可以察知民間生活之一斑，蓋挑擔推車設攤趕集的一切品物半係平民日用所必需，其閒食玩藝一部分亦多是一般婦孺的照顧，闊人們的享用那都在大鋪子裡，在這裡是找不到一二的。我讀這本小書，常常的感到北京生活的風趣，因為這是平民生活，所以當然沒有什麼富麗，但是卻也不寒傖，自有其一種豐厚溫潤的空氣，只可惜現在的北平民窮財盡，即使不變成邊塞也已經不能保存這書中的盛況了。

我看了這些貨聲又想到一件事，這是歌唱與吆喝的問題。中國現在似乎已沒有歌詩與唱曲的技術，山野間男女的唱和，妓女的小調，或者還是唱曲罷，但在讀書人中間總可以說不會歌唱了，每逢無論什麼聚會在餘興裡只聽見有人高唱皮簧或是崑腔，決沒有鼓起喉嚨來吟一段什麼的了。現在的文人只會讀詩詞歌賦，會聽或哼幾句戲文，想去創出新格調的新詩，那是十分難能的難事。中國的詩彷彿總是不能不重韻律，可是這從

哪裡去找新的根苗，那些戲文老是那麼叫喚，我從前生怕那戲子會回不過氣來真是「氣閉」而死，即使不然也總很不衛生的，假如新詩要那樣的唱才好，亦難乎其為詩人矣哉。賣東西的在街上吆喝，要使得屋內的人知道，聲音非很響亮不可，可是並不至於不自然，發聲遣詞都有特殊的地方，我們不能說這裡有詩歌發生的可能，總之比戲文卻要更與歌唱相近一點罷。賣晚香玉的道：

噯……十朵，花啊晚香啊，晚香的玉來， ── 一個大錢十五朵。

什麼「來」的句調本來甚多，這是頂特別的一例。又七月中賣棗者唱曰：

棗兒來，糖的咯噠嘍。嘗一個再買來哎，一個光板嘍。

此頗有兒歌的意味，其形容棗子的甜曰糖的咯噠亦質樸而新穎。卷末鋪肆一門中僅列粥鋪所唱一則，詞尤佳妙，可以稱為掉尾大觀也，其詞曰：

喝粥咧，喝粥咧，十里香粥熱的咧。炸了一個焦咧，烹了一個脆咧，脆咧焦咧，像個小糧船的咧，好大的個兒咧。鍋炒的果咧，油又香咧，麵又白咧，扔在鍋來漂起來咧，白又胖咧，胖又白咧，賽過燒鵝的咧，一個大的油炸的果咧。水飯咧，豆兒多咧，子母原湯兒的綠豆的粥咧。

此書因係傳抄本，故頗多錯誤，下半註解亦似稍略，且時代變遷慮其間更不少異同，倘得有熟悉北京社會今昔情形如於

君閒人者為之訂補，刊印行世，不特存錄一方風物可以作志乘之一部分，抑亦間接有益於藝文，當不在劉同人之《景物略》下也。

## 撒豆

　　秋風漸涼，王母暴已過，我年例常患枯草熱，也就復發，不能做什麼事，只好拿幾種的小話選本消遣。日本的小話譯成中國語當云笑話，笑話當然是消閒的最好材料，實際也不盡然，特別是外國的，因為風俗人情的差異，想要領解往往須用相當的氣力。可是笑話的好處就在這裡，這點勞力我們豈能可惜。我想笑話的作用固然在於使人笑，但一笑之後還該有什麼餘留，那麼這對於風俗人情之理解或反省大約就是吧。笑話，寓言與俗諺，是同樣的好資料，不問本國或外國，其意味原無不同也。

　　小話集之一是宮崎三昧編的《落語選》，庚戌年出版，於今正是三十年了。卷中引《座笑土產》有過年一則云：

　　近地全是各家撒豆的聲音。主人還未回來，便吩咐叫徒弟去撒也罷。這徒弟乃是吃吧，抓了豆老是說，鬼鬼鬼。門口的鬼打著呵欠說，喊，是出去呢，還是進來呢？

　　案這裡所說是立春前夜撒豆打鬼的事情。

　　村瀨栲亭著《藝苑日涉》卷七民間歲節下云：

163

立春前一日謂之節分。至夕家家燃燈如除夜，炒黃豆供神佛祖先，向歲德方位撒豆以迎福，又背歲德方位撒豆以逐鬼，謂之儺豆。老幼男女啖豆如歲數，加以一，謂之年豆。街上有驅疫者，兒女以紙包裹年豆及錢一文與之，則唱祝壽驅邪之詞去，謂之疫除。

　　黃公度著《日本國志》，卷三十五禮俗志二中歲時一篇，即轉錄栲亭原書全文，此處亦同，查《日本雜事詩》各本，未曾說及，蓋黃君於此似無甚興味也。蜀山人《半日閒話》中云：

　　節分之夜，將白豆炒成黑，以對角方升盛之，再安放籤箕內，唱福裡邊兩聲，鬼外邊一聲，撒豆，如是凡三度。

　　這裡未免說的太儀式化，但他本來是儀式，所以也是無可如何。森鷗外有一篇小說叫做《追儺》，收在小說集《涓滴》中，可以說是我所見的唯一藝術的描寫，從前屢次想翻譯，終於未曾著手。這篇寫得極奇，追攤的事至多只占了全文十分之一，其餘全是發的別的議論，與普通小說體裁絕不相似，我卻覺得很喜歡。現在只將與題目有關的部分抄譯於左：

　　這時候，與我所坐之處正為對角的西北隅的紙屏輕輕的開了，有人走進到屋裡來。這是小小的乾癟的老太太，白頭髮一根根的排著，梳了一個雙錢髻。而且她還穿著紅的長背心。左手挾著升，一直走到房間中央。也不跪坐，只將右手的指尖略略按一下蓆子，和我行個禮。我呆呆地只是看著。

　　福裡邊，鬼外邊！

　　老婆子撒起豆來了。北邊的紙屏拉開，兩三個使女跑出來，撿拾撒在蓆上的豆子。

　　老婆子的態度非常有生氣，看得很是愉快。我不問而知這是新喜樂的女主人了。

　　隔了十幾行便是結尾，又回過來講到追儺，其文云：

　　追儺在昔時已有，但是撒豆大概是鐮倉時代以後的事吧。很有意思的是，羅馬也曾有相似的這種風俗。羅馬人稱鬼魂曰勒木耳，在五月間的半夜裡舉行趕散他們的祭禮。在這儀式裡，有拿黑豆向背後拋去一節。據說我國的撒豆最初也是向背後拋去，到後來才撒向前面的。

　　鷗外是博識的文人，他所說當可信用，鐮倉時代大約是西曆十三世紀，那麼這撒豆的風俗至少也可以算是有了六百年的歷史了吧。

　　好些年前我譯過一冊《狂言十番》，其中有一篇也說及撒豆的事，原名「節分」，為通俗起見卻改譯為「立春」了。這裡說有蓬萊島的鬼於立春前夜來到日本，走進人家去，與女主人調戲，被女人乘隙用豆打了出來，只落得將隱身笠隱身蓑和招寶的小槌都留下在屋裡了。有云：

　　女　咦，正好時候了，撒起豆來吧。
　　「福裡邊，福裡邊！
　　鬼外邊，鬼外邊！」（用豆打鬼）
　　鬼　這可不行。
　　女　「鬼外邊，鬼外邊！」

　　案狂言盛行於室町時代，則是十四世紀也。嵩山禪師居中（一二七七年至一三四五年）曾兩度入唐求法，為當時五山名

165

僧，著有《少林一曲》一卷，今不傳，卜幽軒著《東見記》卷上
載其所作詩一首，題曰〈節分夜吃炒豆〉：

> 粒粒冷灰爆一聲，年年今夜發威靈。
> 暗中信手輕拋散，打著諸方鬼眼睛。

江戶時代初期儒者林羅山著《庖丁書錄》中亦引此詩，解說
稍不同，蓋傳聞異詞也：

> 古人詩中，詠除夜之豆云，暗中信手頻拋擲，打著諸方鬼
> 眼睛，蓋撒大豆以打瞎鬼眼也。

《類聚名物考》卷五引《萬物故事要訣》，謂依古記所云，春
夜撒豆起於宇多天皇時，正是九世紀之末，又云：

> 炒三石三斗大豆，以打鬼目，則十六隻眼睛悉被打瞎，可
> 捉之歸。

此雖是毗沙門天王所示教，恐未足為典據，故寧信嵩山詩
為撒豆作證，至於福內鬼外的祝語已見於狂言，而年代亦難確
說，據若月紫蘭著《東京年中行事》卷上云，此語見於《臥雲日
件錄》，案此錄為五山僧瑞溪周鳳所作，生於十五世紀上半，比
嵩山要遲了一百年，但去今亦有五百年之久矣。

儺在中國古已有之，《論語》裡的鄉人儺是我們最記得的一
例，時日不一定，大抵是季節的交關吧。《後漢書·禮儀志》
云，先臘一日大儺，謂之逐疫。《呂氏春秋·季冬紀》高氏注
云，今人臘歲前一日擊鼓驅疫，謂之逐除。據《南部新書》及

《東京夢華錄》，唐宋大儺都在除夕。日本則在立春前夜，與中國殊異，唯其用意則並無不同。民間甚重節分，俗以立春為歲始，春夜的意義等於除夕，笑話題云「過年」，即是此意，二者均是年歲之交界，不過一依太陽，一依太陰曆耳。中國推算八字亦以立春為準，如生於正月而在立春節前，則仍以舊年干支論，此通例也。避凶趨吉，人情之常，平時忍受無可如何，到得歲時告一段落，想趁這機會用點法術，變換個新場面，這便是那些儀式的緣起。最初或者期待有什麼效用，後來也漸漸的淡下去，成為一種行事罷了。譚復堂在日記上記七夕祀天孫事，結論曰，千古有此一種傳聞舊說，亦復佳耳。對於追儺，如應用同樣的看法，我想也很適當吧。

## 緣日

到了夏天，時常想起東京的夜店。己酉庚戌之際，家住本鄉的西片町，晚間多往大學前一帶散步，那裡每天都有夜店，但是在緣日特別熱鬧，想起來那正是每月初八本鄉四丁目的藥師如來吧。緣日意云有緣之日，是諸神佛的誕日或成道示現之日，每月在這一天寺院裡舉行儀式，有許多人來參拜，同時便有各種商人都來擺攤營業，自飲食用具，花草玩物，以至戲法雜耍，無不具備，頗似北京的廟會，不過廟會雖在寺院內，似乎已經全是市集的性質，又只以白天為限，緣日則晚間更為繁

盛，又還算是宗教的行事，根本上就有點不同了。若月紫蘭著
《東京年中行事》卷上有「緣日」一則，前半云：

　　東京市中每日必在什麼地方有毗沙門，或藥師，或稻荷樣
等等的祭祀。這便是緣日，晚間只要天氣好，就有各色的什
麼飲食店，粗點心店，舊家具店，玩物店，以及種種家庭用具
店，在那寺院境內及其附近，不知有多少家，接連的排著，開
起所謂露店來，其中最有意思的大概要算是草花店吧。將各樣
應節的花木拿來擺著，討著無法無天的價目，等候壽頭來上
鉤。他們所討的既是無法無天的價目，所以買客也總是五分之
一或十分之一的亂七八糟的還價。其中也有說豈有此理的，拒
絕不理的，但是假如看去這並不是鬧了玩的，賣花的也等到差
不多適當的價錢就賣給客人了。

　　寺門靜軒著《江戶繁昌記》初編中有賽日一篇，也是寫緣日
情形的，原用漢文，今抄錄一部分如下：

　　古俚曲詞云，月之八日茅場町，大師賽詣不動樣，是可以
證都中好賽為風之古。賽最盛於夏晚。各場門前街賈人爭張露
肆，賣器物者皆鋪蒲蓆，並燒薩摩蠟燭，賈食物者必安床閣，
吊魚油燈火，陳果與菰，燒糰粉與明鯗（案此應作魷魚），軋
軋為魚鮺，沸沸煎油糍。或列百物，價皆十九錢，隨人擇取，
或拈鬮合印，賭一貨賣之於數人。賣茶娘必美艷，鬻水聲自清
涼。炫西瓜者照紅籤燈，沽餳者張大油傘。燈籠兒（案據旁訓即
酸漿）十頭一串，大通豆一囊四錢。以硝子壇盛金魚，以黑紗囊
貯丹螢。近年麥湯之行，茶店大抵供湯，緣麥湯出葛湯，自葛
湯出卵湯，並和以砂糖，其他殊雪紫蘇，色色異味。其際槖駝
師（案即花匠）羅列盆卉種類，皆陳之於架上，鬧花鬧草，鬥奇

竟異，枝為屈蟠者，為氣條者，葉有間色者，有間道者。錢蒲細葉者栽之以石，石長生作穿眼者以索垂之。若作托葉衣花，若樹蘆幹挾枝。霸王樹（案即仙人掌）擁虞美人草，鳳尾蕉雜麒麟角（原注云，漢名龍牙木）。百兩金，萬年青，珊瑚翠蘭，種種殊趣。大夫之松，君子之竹，雜木駢植，蕭森成林。林下一面，野花點綴。杜榮招客，如求自鬻，女郎花（原注云，漢名敗醬）媚伴老少年。露滴淚斷腸花，風飄芳燕尾香。雞冠草皆拱立，鳳仙花自不凡。領幽光牽牛花，妝鬧色洛陽花。卷丹偏其，黃芩萋兮。桔梗簇紫色，欲奪他家之紅，米囊花碎，散落委泥，夜落金錢往往可拾。新羅菊接扶桑花邊，見佛頭菊於曼陀羅花天竺花間。向此紅碧綿綺叢間，夾以蟲商。宮商繳如，徵羽繹如，狗蠅黃（案和名草雲雀，金鈴子類）唱，紡績娘和，金鐘兒聲應金琵琶，可惡為聒聒兒所奪。兩擔籠內，幾種蟲聲，唧唧送韻，繡出武藏野當年荒涼之色，見之於熱鬧市中之今日，真奇觀矣。

《江戶繁昌記》共有六編，悉用漢文所寫，而別有風趣，間亦有與中國用字造句絕異之處，略改一二，餘仍其舊。初編作於天保辛卯（一八三一），距今已一百十年，若月氏著上卷刊於明治辛亥（一九一一），亦在今三十年前，而二書相隔蓋亦已有八十年之久矣。比較起來，似乎八十年的前後還沒有什麼大變化，本鄉藥師的花木大抵也是那些東西，只是多了些洋種，如鶴子花等罷了。近三十年的變化或者更大也未可料，雖然這並沒有直接見聞，推想當是如此，總之西洋草花該大占了勢力了吧。

北京廟會也多花店，只可惜不大有人注意，予以記錄。《北平風俗類徵》十三卷徵引非不繁富，可是略一翻閱，查不到什麼寫花廠的文章，結果還只有敦禮臣所著的《燕京歲時記》，記「東西廟」一則下云：

> 西廟曰護國寺，在皇城西北定府大街正西，東廟曰隆福寺，在東四牌樓西馬市正北，自正月起，每逢七八日開西廟，九十日開東廟。開會之日，百貨雲集，凡珠玉綾羅，衣服飲食，古玩字畫，花鳥蟲魚，以及尋常日用之物，星卜雜技之流，無所不有，乃都城內之一大市會也。兩廟花廠尤為雅觀，夏日以茉莉為勝，秋日以桂菊為勝，冬日以水仙為勝，至於春花中如牡丹海棠丁香碧桃之流，皆能於嚴冬開放，鮮豔異常，洵足以巧奪天工，預支月令。

這裡雖然語焉不詳，但是慰情勝無，可以珍重。這種事情在有些人看來覺得沒有意思，或者還是玩物喪志，要為道學家所呵叱，這個我也知道，向來沒有人肯下筆記錄，豈不就是為此麼，但是我仍是相信，這都值得用心，而且還很有用處。要了解一國民的文化，特別是外國的，我覺得如單從表面去看，那是無益的事，須得著眼於其情感生活，能夠了解幾分對於自然與人生態度，這才可以稍有所得。從前我常想從文學美術去窺見一國的文化大略，結局是徒勞而無功，後始省悟，自呼愚人不止，懊悔無及，如要捲土重來，非從民俗學入手不可。古今文學美術之菁華，總是一時的少數的表現，持與現實對照，往往不獨不能疏通證明，或者反有牴牾亦未可知，如以禮儀風俗為中心，求得其自然與人生觀，更進而了解其宗教情緒，那

麼這便有了六七分光，對於這國的事情可以有懂得的希望了。不佞不湊巧乃是少信的人，宗教方面無法入門，此外關於民俗卻還想知道，雖是炳燭讀書，不但是老學而且是困學，也不失為遣生之法，對於緣日的興趣亦即由此發生，寫此小文，目的與文藝不大有關係，恐難得人賜顧，亦正是當然也。

## 關於送灶

翻閱曆書，看出今天已是舊曆癸未十二月二十三日，便想起祭灶的事來。案明馮應京《月令廣義》云：

燕俗，圖灶神鋟於木，以紙印之，曰灶馬，士民競鬻，以臘月二十四日焚之，為送灶上天。別具小糖餅奉灶君，具黑豆寸草為秣馬具，合家少長羅拜，祝曰，辛甘臭辣，灶君莫言。至次年元旦，又具如前，為迎灶。

劉侗《帝京景物略》云：

二十四日以糖劑餅黍糕棗栗胡桃炒豆祀灶君，以槽草秣灶君馬。謂灶君翌日朝天去，白家間一歲事，祝曰，好多說，不好少說。記稱灶老婦之祭，今男子祭，禁不令婦女見之。祀余糖果，禁幼女不得令啖，曰，啖灶余則食肥膩時口圈黑也。

《日下舊聞考》案語乃云：

京師居民祀灶猶仍舊俗，禁婦女主祭，家無男子，或迎鄰里代焉。其祀期用二十三日，唯南省客戶則用二十四日，如劉侗所稱焉。

敦崇《燕京歲時記》云：

二十三日祭灶，古用黃羊，近聞內廷尚用之，民間不見用也。民間祭灶唯用南糖、關東糖、糖餅及清水草豆而已，糖者所以祀神也，清水草豆者所以祀神馬也。祭畢之後，將神像揭下，與千張元寶等一併焚之，至除夕接神時再行供奉。是日鞭炮極多，俗謂之小年下。

震鈞《天咫偶聞》，讓廉《京都風俗志》均云二十三日送灶，唯《志》又云，祭時男子先拜，婦女次之，則似女不祭灶之禁已不實行矣。

南省的送灶風俗，顧祿《清嘉錄》所記最為詳明，可作為代表，其文云：

俗呼臘月二十四夜為念四夜，是夜送灶，謂之送灶界。比戶以膠牙餳祀之，俗稱糖元寶，又以米粉裹豆沙餡為餌，名曰謝灶團。祭時婦女不得預。先期僧尼分貼檀越灶經，至是填寫姓氏，焚化禳災，篝燈載灶馬，穿竹箸作槓，為灶神之轎，昇神上天，焚送門外，火光如晝，撥灰中篝盤未燼者還納灶中，謂之接元寶。稻草寸斷，和青豆為神秣馬具，撒屋頂，俗呼馬料豆，以其餘食之眼亮。

這裡最特別的有神轎，與北京不同，所謂篝燈即是善富，同書云：

廚下燈檠，鄉人削竹成之，俗名燈掛。買必以雙，相傳燈盤底之凹者為雌，凸者為雄。居人既買新者，則以舊燈糊紅紙，供送灶之用，謂之善富。

《武林新年雜詠》中有善富燈一題,小序云:

> 以竹為之,舊避燈盞盞字音,錫名燃釜,後又為吉號曰善富。買必取雙,俗以環柄微裂者為雌善富,否者為公善富。臘月送灶司,則取舊燈載印馬,穿細薪作槓,舉火望燎日,灶司乘轎上天矣。

越中亦用竹燈檠為轎,名曰各富,雖名義未詳,但可知燃釜之解釋殆不可憑。各富狀如小兒所坐高椅,高約六七寸,背半圓形即上文所云環柄,以便掛於壁間,故有燈掛之名。中間有燈盤,以竹連節如杯盞處劈取其半,橫穿斜置,以受燈盞之油滴,盞用瓦制者,置檠上,與錫瓦燈臺相同。小時候尚見菜油燈,唯已不用竹燈檠,故各富須於年末買新者用之,亦不聞有雌雄之說,但拾籌盤餘燼納灶中,此俗尚存,至日期乃為二十三日,又男女以次禮拜,均與吳中殊異。俗傳二十三日平民送灶,墮貧則用二十四日,墮貧者越中賤民,民國後雖無此禁,仍不與齊民伍,但亦不知究竟真是二十四日否也。厲秀芳《真州竹枝詞》引云:

> 二十三四日送灶,衛籍與民籍分兩日,俗所謂軍三民四也。

無名氏《韻鶴軒雜著》卷下有〈書茶膏阿五事〉一篇,記阿五在元妙觀前所談,其一則云:

> 一日者余偶至觀,見環而集者數十百人,寂寂如聽號令。膏忽大言曰,有人戲嘲其友曰,聞君家以臘月廿五祀灶,有之乎?友曰,有之,先祖本用廿七,先父用廿六,及僕始用廿

五，兒輩已用廿四，孫輩將用廿三矣。聞者絕倒。余心驚之，
蓋因俗有官三民四，烏龜廿五之說也。

　　《雜著》、《筆談》各二卷，總名「皆大歡喜」，道光元年刊
行，蓋與顧鐵卿之《清嘉錄》差不多正是同時代也。

　　送灶所供食物，據記錄似均係糖果素食，越中則用特雞，
雖然八月初三灶司生日以蔬食作供，又每月朔望設祭亦多不
用葷，不知於祖餞時何以如此盛設，豈亦是不好少說之意耶。
祭畢，僕人摘取雞舌，並馬料豆同撒廚屋之上，謂來年可無口
舌。顧張思《土風錄》卷一祀灶下引《白虎通》云，祭灶以雞。
又東坡《縱筆》云，明日東家應祭灶，隻雞斗酒定燔吾。似古時
用雞極為普通，又范石湖《祭灶》云，豬頭爛肉雙魚鮮，則更
益豐盛矣。灶君像多用木刻墨印，五彩著色，大家則用紅紙銷
金，如《新年雜詠》注所云者，灶君之外尚列多人，蓋其眷屬
也。《通俗編》引《五經通義》謂灶神姓蘇，名吉利，或云姓張，
名單，字子郭，其婦姓王，名搏頰，字卿忌。《酉陽雜俎》謂神
名隗，一字壤子，有六女，皆名察洽。此種調查不知從何處得
來，但姑妄聽之，亦尚有趣，若必信其姓張而不姓蘇，大有與
之聯宗之意，則未免近於村學究，自可不必耳。

　　關於灶的形式，最早的自然只有明器可考，如羅氏《明器
圖錄》，濱田氏《古明器圖說》所載，都是漢代的作品，大抵是
長方形，上有二釜，一頭生火，對面出煙，看這情形似乎別無
可以供奉灶君的地方。現今在北京所看見的灶雖多是一兩面靠

牆，可是也無神座，至多牆上可以貼神馬，羅列祭具的地位卻還是沒有。越中的灶較為複雜，恰好在汪輝祖《善俗書》中有一節說的很得要領，可以借抄。這是汪氏任湖南寧遠知縣時所作，其第四十二則曰用鼎鍋不如設灶，有小引云，寧俗家不設灶，一切飲食皆懸鼎鍋以炊，飯熟另鼎煮菜，兄弟多者娶婦則授以鼎鍋，聽其別炊。文中勸人廢鼎用灶，記造灶之法云：

余家於越，炊爨以柴以草，寧遠亦然，是越灶之法寧邑可通也。越中居人皆有灶舍，其灶約高二尺五六寸，寬二尺餘，長六尺八尺不等。灶面著牆處，牆中留一小孔，以泄洗碗洗灶之水。設灶口三，安鍋三口，小鍋徑寬一尺四寸，中鍋徑寬一尺六寸或一尺八寸，大鍋徑寬二尺或二尺二寸。於兩鍋相隔處旁留一孔，安砂鍋一曰湯罐，三鍋灶可安兩湯罐，中人之家大概只用兩鍋灶。尺四之鍋容米三升，如止食十餘人，則尺六尺八一鍋已足。鍋用木蓋，約高二尺，上狹下廣。入米於鍋，米上餘水二三指，水乾則飯熟矣。以薄竹編架，橫置水面，肉湯菜飲之類，皆可蒸於架上，一架不足，則碗上再添一架，下架蒸生物，上架溫熟物，飯熟之後稍延片時，揭蓋則生者熟，熟者溫，飯與菜俱可吃，而湯罐之水可供洗滌之用，便莫甚焉。鍋之外置石板一條，上砌磚塊，曰灶梁，約高二尺餘，寬一尺餘，著牆處可奉灶神，餘置碗盤等物。樑下為灶門，灶門之外攔以石條，曰灰床，飯熟則出灰於床，將滿則遷之他處。灶神之後牆上盤磚為突，高於屋簷尺許，虛其中以出煙，曰煙熜，熜之半留一磚，可以啟閉，積煙成煤，則啟磚而掃去之，以防火患，法亦慎密。

這裡說奉灶神處似可稍為補充，云靠牆為煙突，就煙突與

灶樑上邊平面成直角處作小舍，為灶王殿，高尺許，削磚為柱，半瓦作屋簷而已。舍前平面約高與人齊，即用作供幾，又一段稍低，則置燭臺香爐，右側向鍋處中虛，如汪君言可置盤碗，左則石板上懸，引煙入突，下即灰床，李光庭《鄉言解頤》卷四庖廚十事之一為煤爐，小引云：

> 鄉用柴灶，京用煤灶。煤灶曰爐臺，柴灶曰鍋臺，距地不及二尺，烹飪者須屈身，故久於廚役有致駝背者，今亦為小高灶，然終不若煤爐之便捷也。

李氏寶坻縣人，所言足以代表北方情狀，主張鼎烹，與汪氏之大鍋飯菜異。大抵二者各有所宜，大灶唯大家庭合用，越中小戶單門亦只以風爐扛灶供烹飪，不悉用雙眼灶也。

## 墟集與廟會

程鶴西的《農業管窺》裡有一節話，說農諺與氣象和社會有關係的，覺得很有意思，抄錄於下：

> 如廣西的諺語，一日東風三日雨，三日東風無米煮，和有些地方的，雲往東，一場空，雲往西，雨瀝瀝，則不但表現一些氣象學上的事實，也還給我們看出一點的社會情形來。我們知道中國東南臨海，而西北是大陸高原，所以東風時常挾濕氣而俱來，再遇到北來冷氣，結而成雨，所以每每東風是欲雨的先兆。至於何以三日東風就會連米也沒得呢，因為廣西好多地方是三日一墟，而有許多人家是在墟場上買米吃的，如果連日多雨，不好趁墟，無人賣米，自然有斷炊之虞了。

宋長白的《柳亭詩話》卷一有一則云：

柳河東詩，青箬裹鹽歸洞客，綠荷包飯趁墟人。洞謂穴居，墟乃市集之所，非身歷天南者，不能悉其風景。

有人指出過：這裡把「洞」訓為「穴居」，是錯誤的，「洞」，在廣西土語中乃指山峽中的平地，田宅均在其中，「歸洞」，是回自己的村裡。但由此可知趁墟之俗卻是「古已有之」，蓋即日中為市而有定期者。這在解放之後，習慣當已有變更，舊日農諺未必適用，俗語所謂「吃甜茶，說苦話」，「三日東風無米煮」的話，也成為過去的舊話了。

這一類趁墟或趕集的方法，各地多有存留，或稱作「廟會」，於一定的廟宇中聚集，北京有名的東西廟會就是。現今東廟即隆福寺已改為人民商場，只剩下西城的白塔寺及護國寺兩處，每逢三至六日在白塔寺，七日至二日在護國寺，是日遊人雲集，熱鬧如上海的城隍廟一樣。但是這與普通墟集有一樣不同的地方，即墟集大都是日用所需的雜物，而在這廟會上所有的卻是百貨，換句話說，「柴米油鹽醬醋茶」開門七件事，在這裡是不見的，這與廣西的墟便大有不同，所以即使多日下雨，不能開廟會，也不會影響到煮不成飯的。

## 兩國煙火

黃公度著《日本國志》卷三十六，〈禮俗志三・游燕類〉有煙火一則云：

> 每歲例以五月二十八夜為始放煙火之期，至七月下旬乃止。際晚，煙火船於兩國橋南可數百武橫流而泊，霹靂乍響，電光橫掣，團團黃日，散為萬星。既而為銀龍，為金烏，為赤魚，為火鼠，為蝙蝠，為蜈蚣，為梅，為櫻，為杏，為柳絮，為楊枝，為蘆，為葦，為橘，為柚，為櫻桃，為藤花，為彈，為球，為箭，為盤，為輪，為樓，為閣，為佛塔，為人，為故事，為文字，千變萬化，使人目眩。兩岸茶棚，紅燈萬點，憑欄觀者累膝疊踵。橋上一道，喧雜擁擠，樑柱撓動，若不能支。橋下前艫後舳，隊隊相銜，樂舫歌船，彌望無際，賣果之船，賣酒之船，賣花之船，又篙櫓橫斜，嘩爭水路。直至更闌夜深，火戲已罷，豪客貴戚各自泛舟納涼，弦聲歌韻，於杯盤狼藉中，嘔啞啁哳，逮曉乃散。

《日本國志》著於光緒初年，所記應係明治時代東京的情狀，但其文章取材於江戶著作者蓋亦有之。兩國煙火始於享保十八年（一七三三），稱曰川開，猶言開河也。兩國橋跨日本橋與本所區間，昔為武藏上總二國，故名，橋下即隅田川，為江戶有名遊樂地，猶秦淮焉。昔時交通不便，市人無地可以避暑，相率泛舟隅田川，挾妓飲酒，曰納晚涼。開始之日曰川開，凡三月而罷。天保時齋藤月岑著《東都歲事記》卷二記其事，在「五月二十八日」條下云：

兩國橋納晚涼自今日始，至八月二十八日止。又此為茶
肆，百戲，夜店之始。從今夜放煙火，每夜貴賤群集。

此地四時繁盛，而納涼之時尤為熱鬧，余國無其比。東西
兩岸，葦棚茶肆比如櫛齒，弱女招客，素額作富士妝，雪膚透
紗，愈添涼意，望之可人。大路旁構假舍，自走索，變戲法，
牽線木頭，耍猴戲，以至山野珍禽，異邦奇獸，百戲具備，各
樹招牌，嗩吶之聲喧以囂，演史，土弓，影戲，笑話，筐頭，
相面之店，水果，石花菜，蓋無物不有焉。橋上往來肩摩踵
接，轟轟如雷。日漸暮，茶肆檐燈照數千步，如在不暗國。樓
船籠燈輝映波上，如金龍翻影，絃歌齊湧，行雲不動。疾雷忽
爆，驚愕舉首，則花火發於空中，如雲如霞，如月如星，如麟
翔，如鳳舞，千狀萬態，神迷魂奪。游於此者，無貴無賤，千
金一擲，不惜固宜，實可謂宇宙間第一壯觀也。

同時有寺門靜軒著《江戶繁昌記》，亦有一節記兩國煙火
者云：

煙火例以五月二十八日夜為始放之期，至七月下旬而止。
際晚，煙火船撐出，南方距兩國橋數百步，橫於中流。天黑
舉事，霹靂乍響，電光掣空，一塊火丸，碎為萬星，銀龍影欲
滅，金烏翼已翻，丹魚入舟，火鼠奔波，或棚上漸漸燒出紫藤
花，或架頭一齊點上紅球燈，寶塔綺樓，千化萬現，真天下之
奇觀也。兩岸茶棚，紅燈萬點，欄內觀者，累膝疊踵。橋上一
道，人群混雜，樑柱撓動，看看若將傾陷。前艫後舳，隊隊相
銜，畫船填密，雖川迷水。夜將深，煙火船揮燈，人始知事
畢。時水風灑然，爽涼洗骨，於是千百之觀煙火船並變為納涼
船，競奢耀豪，舉絃歌於杯盤狼藉之中，嘔啞至曉乃歇。

讀此可知黃君之所本，寺門文雖俳諧，卻自有其佳趣，若描寫幾色煙火的情狀，似乎更有活氣也。昔時川開以後天天有煙火，是蓋用作納涼之消遣，非若現今之只限於當日，而當日往觀煙火者又看畢即各奔散，於納涼無關，於隅田川亦別無留戀也。天保時代去今百年，即黃君作志時亦已將五十年，今昔情形自然多所變化，讀上文所引有如看舊木板風俗畫，彷彿隔著一層薄霧了。寺田寅彥隨筆集《柿子的種子》於前年出板，中有一篇小文，是講兩國煙火的，抄錄於下：

這回初次看到所謂兩國的川開這件東西。

在河岸急造的看臺的一隅弄到一個坐位，吃了不好吃的便飯，喝了出氣的汽水，被那混雜汽油味的河風吹著，等候天暗下去。

完全什麼也不做，什麼也不想，有一個多鐘頭茫然地在等候煙火的開始：發現了這樣一個傻頭傻腦的自己，也是很愉快的事。

在附近是啤酒與毛豆著實熱鬧得很。

天暗了，煙火開始了。

升高煙火的確是藝術。

但是，裝置煙火那物事是多麼無聊的東西呀。

特別是臨終的不乾脆，難看，那是什麼呀。

「出你媽的醜！」

我不是江戶子也想這樣地說了。

卻發見了一件可驚的事。

這就是說，那名叫惠斯勒的西洋人他比廣重或比無論那個日本人更深知道隅田川的夏夜的夢。

若月紫蘭在所著《東京年中行事》下卷〈兩國川開〉項下有云：

以前都說善能表現江戶子的氣像是東京煙火的特色，拍地開放，拍地就散了，看了無端地高興，大聲叫好，可是星移物換，那樣的時代早已過去了，現在煙火製造者的苦心說是想在那短時間裡也要加上點味兒，所以今年（一九一 ）比往常明顯地有些變化。

在晝夜共放升空煙火三百發之外，還加上許多西洋式的以及大規模的裝置煙火，如英皇戴冠式，膳所之城等。但是結論卻說：

我不是江戶子卻也覺得這些東西還不如那拍地開放拍地就散了的倒更是江戶子的，什麼裝置煙火實在是很呆笨的東西。

聽了他們兩人的話不禁微笑，他更不是江戶子，但也正是這樣想。去年的兩國川開是在七月廿二日舉行，那時我們剛在東京，承山崎君招同徐耀辰君東京林君與池內夫人往觀，在柳橋的津久松的看臺上初次看了這有名的大煙火。兩國橋的上下流晝夜共放升空煙火四百五十發，另有裝置煙火二十六件，我所喜歡的還是代表江戶子氣象的那種煙火。本來早想寫一篇小文，可是一直做不出，只好抄人家的話聊作紀念耳。

## 江都二色

我頗喜歡玩具，但翻閱中國舊書，不免悵然，因為很難得看見這種紀載。《通俗編》卷三十一「戲具」條下引《潛夫論》云：

> 或作泥車瓦狗諸戲弄之具，以巧詐小兒，皆無益也。

我們可以知道漢朝小兒有泥車瓦狗等玩具，覺得有意思，但其正論殊令人讀了不快。偶閱黃生著《字詁》，其「橅塵」一條中有云：

> 東方朔與公孫弘書（見《北堂書鈔》），何必橅塵而游，垂髮齊年，僵伏以自數哉。橅與模同，今小兒以碎碗底（方音督）為範，搏土成餅，即此戲也。

又《義府》卷上「毀瓦畫墁」一條中云：

> 《孟子》，毀瓦畫墁。如今人以瓦片畫牆壁為戲，蓋指畫墁所用乃毀裂之瓦耳。

不意在訓詁考據書中說及兒童遊戲之事，黃君可謂有風趣的人了。

吾鄉陶石樑著《小柴桑喃喃錄》，卷上引《大智度論》云：

> 菩薩作是念，眾生易度耳，所謂者何，眾生所著皆是虛誑無實。譬如人有一子，喜不淨中戲，聚土為谷，以草木為鳥獸，而生愛著，人有奪者，嗔恚啼哭。其父知已，此子今雖愛著，此事易離耳，小大自休。何以故，此物非真故。

經論所言自是甚深法理，就譬喻言亦正不惡，此父可謂解

人，龍樹造論，童壽譯文，乃有如此妙趣，在支那撰述中竟不可得，此又令我憮然也。小大自休，這是對於兒童的多麼深厚的了解，能夠這樣懂得情理，這才知道小兒的遊戲並非玩物喪志，聽童話也並不會就變成痴子到老去找貓狗說話，只可惜中國人太是講道統正宗，只管叉手談道學做製藝，升官發財蓄妾，此外什麼都不看在眼裡，著述充屋棟，卻使我們隔教人失望，想找尋一點資料都不容易得。講到兒童事情的文章，整篇的我只見過趙與時著《賓退錄》卷六所記唐路德延的《孩兒詩》五十韻，裡邊有些描寫得頗好，如第三十一聯云：

折竹裝泥燕，添絲放紙鳶。

又第四十六聯云：

疊柴為屋木，和土作盤筵。

這所說的是玩具及遊戲，所以我覺得特別有趣味，在民國十二年曾想編一本小書，就題名曰《土之盤筵》。但是，別的整篇就已難得見到，不要說整本的書了。手頭有一本書，不過不是中國的，未免很是可惜。書名曰《江都二色》，日本安永二年刊，這是西曆一七七三年，清乾隆三十八年癸巳，在中國正是大開四庫全書館，刪改皇侃《論語疏》的時候，日本卻是江戶平民文學的爛熟期，浮世繪與狂歌發達到極頂，乃迸發而成此玩具圖詠一卷。大正十三年（一九二四）稀書複製會有重刊本，昭和五年（一九三〇）鄉土玩具普及會又有模刻並加註釋，均

只二十六圖，及後米山堂得完本復刻，始見全書，共有五十四圖，有坂與太郎著《日本玩具史》，後編第五篇中悉收入。我所有的一冊是鄉土玩具普及會本，亦即有坂氏所刊，木刻著色，《玩具史》中則只是銅板耳。書有蜀山人序，北尾重政畫圖，木室卯云作歌，每圖題狂歌一首，大抵玩具兩件，故名二色，江都者江戶也。全書所繪大約總在九十件以上，是一部很好的玩具圖集，狂歌只算是附屬品，卻也別有他的趣味。這勉強可以說是一種打油詩，他的特色是在利用音義雙關的文字，寫成正宗的和歌的形式，卻使瑣屑的崇高化或是莊嚴的滑稽化，引起破顏一笑，譏刺諷諫倒尚在其次。這與言語文字有密切的關係，好的狂歌是不能移譯的，因為他的生命寄託在文字的身體裡，不像誌異書裡所說的魂靈可以離開軀殼而存在，所以如道士奪舍這些把戲在這裡是不可能的事。全書第五三圖是一個猴子與獅子頭，所題狂歌雖猥褻而頗妙，但是不能轉譯，並不為猥褻，實因雙關語無可設法也。第五二圖繪今川土製玩具，鐘樓與茶爐各一，歌意可以譯述，然而原本不大好，蓋老實的連詠二物，便不免有點像中國的詩鐘了。原歌云：

Yamadera no iriai no kane o hazuseshiwa
Hana chirasazi to chaya no kufu ka?

意云，把山寺的晚鐘卸了，讓花不要散的，是茶店的主意麼。有坂君註釋云：

　　花散則客不來。鐘樓相近的櫻花每因撞鐘的迴響而散落，故茶亭中人想了法子將鐘卸下了。

　　這種土製玩具中國也並不是沒有，十年前看護國寺廟會，曾買過好些，大抵是廚房用具，製作的很精巧，也有橋亭房屋之類，不過像是盆景中物，所以我不大喜歡。過了幾年之後，這些小鍋小缸之屬卻不見了，我只惋惜從前所買的一副也已經給小孩拿去玩都弄破了。沒有人紀錄，更沒有人來繪圖題詩。我們如要談及，只能靠自己的見聞和記憶，宛如未有文字的民族一樣，不，他們無文字卻還有圖畫，如洞窟中所留遺的野象野牛的壁畫，我們因為怕得玩物喪志連這個也放下了。耳食之徒五體投地的致敬於《欽定四庫全書》，那裡就是在存目裡也找不出一冊《江都二色》來，等是東方文化卻於此很分出高下來了，北尾木室二公不但知道小大自休，還覺得大了也無妨耍子，此正是極大見識極大風致，萬非耳食之徒所能及其一根汗毛者也。

　　日本現時研究玩具的人很多，但其中當以有坂君為最重要。寒齋藏書甚少，所得有坂君著作約有十種，今依年代列舉如此：

　　甲，《尾志矢風裡》（*Oshaburi*），玩具圖錄，已出四冊。一，東北篇，大正十五年（一九二六）。二，古代篇，同上。三，東京篇，昭和二年（一九二七）。四，東海道篇，昭和四年

（一九二九）。尾志矢風裡，漢字當寫作「御舐」，據《大言海》云：東京嬰兒玩具名，以木作，形小，中略細，兩端成球形，乳嬰便吮其球也。按此長寸許，形如啞鈴，今多用膠質製，不及木雕遠矣。

乙，《玩具繪本》，已出五冊。一，《手習草紙》，昭和二年。二，《繪雙六》。三，《御雛樣》。四，《犬子》，均同上。五，《子守唄》，昭和三年。手習草紙此言習字本，書中所收皆為天神像，即菅原道真，世傳司文之神也。繪雙六略如中國的升官圖，有種種花樣。雛為上巳女兒節所供養的人像，並備家具裝飾。子守唄即撫兒歌，玩具皆作少女負兒狀。

丙，《伏見人形》，昭和四年。

丁，《玩具葉奈志》，已出三冊。一，《今戶人形》。二，《御祭》。三，《招手貓》，皆昭和五年。此書性質與《玩具繪本》相同，葉奈志寫漢文作「話」字也。伏見今戶皆地名。祭即神社祭賽。貓常「洗臉」，舉手撫其面，狐貂等亦能屈掌當眼上，向後回顧，商家輒範土作貓招手狀，以發利市，謂能招集顧客也，今所集者皆此類玩具。

戊，《日本雛祭考》，昭和六年。

己，《鄉土玩具種種相》，同上。

庚，《日本玩具史》前後編，昭和六至七年。

辛，《日本玩具史篇》，昭和九年，雄山閣所出玩具叢書八

冊之一。同叢書中尚有《世界玩具史篇》一冊亦有坂君所撰，唯此係翻譯賈克孫（N・Jackson）夫人原著，故今未列入。有坂君又譯德人格勒倍耳（K・Grober）原著為《泰西玩具圖史》，大約昭和六年頃刊行，我因已有原書英文本，故未曾蒐集。

王，《鄉土玩具大成》，第一卷，東京篇，昭和十年。全書共三卷，第二三卷尚未出。

癸，《愛玩》，昭和十年。這本名「愛玩家名鑑」，凡集錄玩具研究或蒐集家約三百人，可以知道鄉土玩具運動的大勢，有坂君編並為之序。此外有坂君又曾編刊雜誌《鄉土玩具》及《人形人》，皆由建設社出版。建設社主人坂上君與其時編輯員佐佐木君皆日本新村舊人，民國廿三年秋我往東京遊玩，二君來訪，因以佐佐木君紹介，八月一日曾訪有坂君於南品川。其玩具藏名「蘇民塔」在建築中，外部尚未落成，內如小舍，有兩層，列大小玩具都滿，不及細看，目不給亦日不給也。在塔中坐談小半日，同行的川內君記錄其語，曾登入《鄉土玩具》第二卷中，愧不能有所貢獻，如有坂君問中國有何玩具書，我心裡只記著《江都二色》，卻無以奉答，只能老實說道沒有。這「沒有」自四庫全書時代起直至現在都有效，不能不令人悵然，但在正統派或反而傲然亦未可知。蘇民故事據古書說，有蘇民將來者，家貧，值素盞嗚尊求宿，欣然款待，尊教以作茅輪，疫時佩之可免，其後人民多署門曰蘇民將來子孫，近世或有寺院削

木作八角形，大略如塔，題字如上，售之以辟疾病。有坂君之塔即模其形，據云恐本於生殖崇拜，殆或然歟，《愛玩》卷首有此塔照相，每面題字有蘇民將來子孫人也等約略可見。有坂君生於明治廿九年丙申（一八九六），在《愛玩》中自稱是不惜與鄉土玩具情死的男子，生計別有所在，卻以普及鄉土玩具為其天賦之職業，自己介紹得很得要領。日本又有清水晴風、西澤笛畝、川崎巨泉諸人亦有名，均為玩具畫家，唯所作畫集價值多極貴，寒齋不克收藏，故亦遂不能有所介紹也。

## 踏槳船

《漫畫》九十三期上登載有五個畫家的旅行紀事，題曰《野草閒花》，因為係浙東的事情，所以看了很有興趣，特別是那一張「手足之情」，畫寧波的手搖水車與紹興的腳划船，不獨上海人覺得奇怪，想來也實在特殊，尤其用腳踏槳。但是漫畫上卻弄錯了，畫作一個人踏著兩支槳，空著兩隻手，並不拿著一張劃楫，使得船不能左右進行，這是不合事理的。槳這東西有使船推進的力量，沒有別的用處，所以必須畫作兩腳踏一支槳（在船的右邊），另外手裡還須拿著一支楫才行，也才能使船進退自如。

這種踏槳船，據歐陽昱的《見聞瑣錄》裡說，是始於中州周沐潤，在太平天國時代，從常熟日往上海報米價。「其船長

僅丈餘，廣僅三尺餘，篷高二尺餘，內僅可臥二人，不能坐，坐即欹側，駕船者在船頭亦臥下，用兩腳踏棹行，棹長約七八尺，一踏即行二三丈，晝夜可行二百數十里。」這船在紹興是「古已有之」，周沐潤是李越縵的朋友，久居紹興，知道這船，到常熟做知縣時便利用它的便利，乃用以報知米價罷了。陳畫卿勤余詩存中一詩詠踏槳船，注云：「船長丈許，廣三尺，坐臥容一身，一人坐船尾，以足踏槳行如飛，向唯越人用以狎潮渡江，今江淮人並用之，以代急足。」時為咸豐辛酉，正是太平天國時期，陳君是山陰人，故所述船的形狀不誤。歐陽君蓋江西人，所說似出傳聞，難免有錯誤。

徐珂在《可言》中記杜山次話，江伯訓權知山陰時，以事赴鄉，輒棹划舟往，划舟小如葉，舟子坐舟尾，以足推槳使進，乘者可坐臥，不可立。說的也是這種腳踏船，但名稱誤作「划船」了，划船乃是只用楫劃的，大抵無篷，不堪遠行。江伯訓權知山陰，蓋前清宣統年間事，江為人甚奇，說他為官清正，可是不廉，所以有「長手包龍圖」之稱。他要錢絕不在會引起民憤的事情上去弄，只在富家的民事案件上去取，正是他的巧妙。他坐腳踏船下鄉，也是很妙的事情，這第一是表示不擾民，帶去一個書辦而已。外鄉人要坐這樣船，非有決心不可，因為它是很危險的，容易出風險，他能坐得這船，可見是不怕冒險的。

只想緩緩走著，看沿路的景色

## 泥孩兒

　　從前在什麼書上，看見德國須勒格爾博士說，東亞的人形玩具始於荷蘭的輸入，心裡不大相信，雖然近世的「洋娃娃」這句話似乎可以給它作一個證明。本來這人形玩具的起源當在上古時代，各國都能自然發生，如埃及希臘羅馬的古墳據說都發見過牙雕或土製的偶人，大抵是在兒童的墳裡，所以知道是玩具的性質，另外有殉葬的一種，用以替代活人，那是所謂「俑」了。由是可知，這種玩具的偶人的起源不可能有一定的地方，應是各地自由發展。可是它又很容易感受外來的影響，現時的洋娃娃服裝相貌還沒有和老百姓一樣，宋代曾通稱摩侯羅或磨喝樂，也是外來語，大概與佛教有關係，雖然還沒有考究出它的來源。這在《老學庵筆記》中稱作「泥孩兒」，當是指泥製的孩兒那一種，但別處又見有「帛新婦子」與「磁新婦子」的名稱，可見也有一種「美人兒」，比現代的洋娃娃式樣更多了。小時候在鄉下買「爛泥菩薩」玩耍，有狀元；有「一團和氣」；還有婦女，通稱「老」，即指「墮民」中的女人，因為她們在前朝是賤民，規定世世給平民服役，女人都還穿的古裝束，青衣裙青背心，髮梳作高髻稱「朝前髻」（平民婦女唯居喪時梳此髻）。土偶作古裝，無人能識，所以認錯了。現在想起來，這種「老」的爛泥菩薩，著實可以珍重保存，只可惜現今恐怕已經找不到了。

　　中國歷代的「俑」，自六朝至唐，尚留存不少，很可以供給

190

畫家和排演電影的人作參考，人形玩具如能保留，亦可有不小用處。但玩具殉葬到底是絕少數，平常玩耍過後全部毀棄，古時玩具無由得見。這不但是實物難得，便是文字紀錄，也極不易找，蓋由中國文人太是正經，受儒教思想的束縛，對於生活細節，怕涉煩瑣，不敢下筆的緣故。漢人在《潛夫論》中有云：「或作泥車瓦狗諸戲弄之具，以巧詐小兒，皆無益也。」可以代表士大夫的玩具觀。我們從佛經中看來，印度就要好得多多。如在《大智度論》中說：「人有一子，喜不淨中戲，聚土為谷，以草木為鳥獸，而生愛著，人有奪者，嗔恚啼哭。其父知已，此子今雖愛著，此事易離耳，小大自休。」末句輕輕四字，是多麼有理解的話。又《六度集經》中記須大拿王子將二子布施給人，王妃悲嘆：「今兒戲具，泥像泥牛，泥馬泥豬，雜巧諸物，縱橫於地，睹之心感。」也說的很有人情。為了兒童的福利，應該發展玩具製作，特別是人形玩具這一部門。古來的「泥孩兒」、「美人兒」，都能有新的發展，此外泥車瓦狗，泥馬泥豬，也是必要的，這應與新文明的玩具並重，不可落後，因為這些固然是舊的，但正是日常生活中所有的事物。本來想談談玩具的事情，卻不料只說得偶人這一方面，所以題目也就用了宋人所說的泥孩兒，雖然這一個字不大能夠包括人形玩具的全部。

## 不倒翁

　　不倒翁是很好的一種玩具，不知道為什麼在中國不很發達。這物事在唐朝就有，用作勸酒的東西。名為「酒鬍子」，大約是作為胡人的樣子，唐朝是諸民族混合的時代，所以或者很滑稽的表現也說不定。三十年前曾在北京古董店看到一個陶俑，有北朝的一個胡奴像，坐在地上彈琵琶，同生人一樣大小。這是一個例子，可見在六朝以後，胡人是家庭中常見的。這酒鬍子有多麼大，現在不知道了，也不知道怎樣用法，我們只從元微之的詩裡，可以約略曉得罷了：「遣悶多憑酒，公心只仰胡，挺身唯直指，無意獨欺愚。」這辦法傳到宋朝，《墨莊漫錄》記之曰：「飲席刻木為人而銳其下，置之盤中左右欹側，傲傲然如舞狀，力盡乃倒，視其傳籌所至，酹之以杯，謂之勸酒胡。」這勸酒胡是終於跌倒的——不過一時不容易倒——所以與後來的做法不盡相同；但於跌倒之前要利用它的重心，左右欹側，這又同後來是相近的了。做成「不倒翁」以後，輩分是長了，可是似乎代表圓滑取巧的作風，它不給人以好印象，到後來與兒童也漸益疏遠了。名稱改為「扳不倒」，方言叫做「勃弗倒」，勃字寫作正反兩個「或」字在一起，難寫得很，也很難有鉛字，所以從略。

　　不倒翁在日本的時運要好得多了。當初名叫「起來的小和尚」，就很好玩。在日本狂言裡便已說及，「狂言」係是一種小喜

劇，盛行於十二三世紀，與中國南宋相當。後來通稱「達摩」，因畫作粗眉大眼，身穿緋衣，兜住了兩腳，正是「面壁九年」的光景。這位達摩大師來至中國，建立禪宗，在思想史上確有重大關係，但與一般民眾和婦孺，卻沒有什麼情分。在日本，一說及達摩，真是人人皆知，草木蟲魚都有以他為名的，有形似的達摩船，女人有達摩髻，從背上脫去外套叫做「剝達摩」！眼睛光溜溜的達摩，又是兒童多麼熱愛的玩具呀！達摩的「跌跏而坐」的坐法，特別也與日本相近，要換別的東西上去很容易，這又使「達摩」變化成多樣的模型。從達摩一變而成「女達摩」，這彷彿是從「女菩薩」化出來的，又從女達摩一變而化作兒童，便是很順當的事情了。名稱雖是「達摩」，男的女的都可以有，隨後變成兒童，就是這個緣故。日本東北地方寒冷，冬天多用草囤安放小孩，形式略同「貓狗窩」相似，小孩坐在裡邊，很是溫暖；嘗見鶴岡地方製作這一種「不倒翁」，下半部是土製的，上半部小孩的臉同衣服，係用洋娃娃的材料製成。這倒很有一種地方色彩。

　　不倒翁本來是上好的發明，就只是沒有充分的利用，中國人隨後「垂腳而坐」的風氣，也不大好用它。但是，這總值得考慮，怎樣來重新使用這個發明，豐富我們玩具的遺產；問題只須離開成人，不再從左右搖擺去著想，只當他作小孩子看待，一定會得看出新的美來的吧。

## 拂子和塵尾

中國有許多服用器物，古今異制，至今已幾乎消滅了，幸虧在小說戲文裡，保存著一點，留存下來還可認得，有如笏這東西，只有戲中尚可看到，此外則「朝笏糕干」，在鄉下也還有這名稱。又如拂子，俗稱仙帚，是仙人和高僧所必攜的物事，民間也尚有留存，當作趕蒼蠅的東西。末了還有塵尾，除了「揮塵」當典故之外，沒有人看見過是什麼形狀。《康熙字典》引《名苑》云：「鹿大者曰麈，群鹿隨之，視麈尾所轉而往，古之談者揮焉。」照它的解釋，似乎所揮的該是整個的尾，這乃是望文生義的解說，還不如陸佃《埤雅》裡所說「其尾辟塵」之明白，雖然或仍未能將它的形狀弄清楚。

《世說新語》有好幾處講起塵尾的地方，其一云：「王夷甫妙於談玄，恆手捉白玉柄麈尾，與手都無分別。」那末這是有「柄」的。又云：「孫安國往殷中軍許共論，往反精苦，客主無間，左右進食，冷而復暖者數四，彼我奮擲麈尾，悉脫落滿餐飯中，賓主遂至暮忘食。」那末這尾毛又是要脫落的。從這裡看來，這麈尾未必是整個的尾巴，或是拂子似的東西，因為這無論如何用力揮舞，尾毛絕不會掉下來，更何至滿餐飯中呢？須得看它實物的照相，這疑問便立可解決。

中國本國似乎沒有這東西了，但在日本正倉院裡還有一兩把，大約是唐朝以前的遺物。麈尾是掌扇似的東西，柄用白玉

或是犀象牙角，上下兩根橫檔，中間橫列麈尾，形狀像是一個篦箕，可以拂塵，這就是「辟塵」說之所由起。照相裡一把是完整的，一把是破了，麈尾大半脫落了，可以想見那主客所用的多少與這相像。

手捉麈尾談玄，與拿拂子講經，在現在說來別無多大關係，但把古人生活的一節弄清楚了，也還不是沒有意思的事。

## 筆與筆子

中國筆子的起源，這同許多日用雜物的起源一樣，大抵已不可考了，史稱殷的紂王始造像箸，不過說他奢侈，開始用象牙做筆子，而不是開始用筆子。要說誰開始使用，那恐怕是燧人氏時代的人吧。為什麼呢？因為上古「茹毛飲血」，還是吃生肉的時候，用不著文縐縐的使用什麼食具。這一定知道用火了，烤熟煮熟的東西要分撕開來的時候，需要什麼東西來做幫助，首先發明手指一般的叉，隨後再進一步才是筆子。筆子為什麼說是比叉要進步呢？叉像三個手指頭拿東西，而筆子則是兩個，手指愈少愈不好拿，使用起來也更需要更高明的技術了。

在用青銅器的時代，似乎還不使用筆子，因為後世發現青銅器，於鐘鼎之外，還沒有發見銅箸這類東西。那末這是什麼時候起來的呢？這問題須得讓考古學家來解決，我不過提出一個意見，覺得可能這與使用毛筆是同時發生的也未可知吧。

強調由於食物之不同，粒食的吃飯與粉食的吃麵包，未必能說明用筷子與用叉的必要，現在的世界上有許多實例證明這個不確。若用毛筆來作說明，似乎倒有幾分可能。中國毛筆始於何時，也沒有確說，但秦時蒙恬造筆，總是一說吧。毛筆的使用方法，與筷子可以相通，正如外國人用刀叉的手勢，與用鋼筆很是相像。舉實例來說，朝鮮，日本，越南各國，過去能寫漢字，固然由於漢文化之熏習，一部分也由於吃飯拿筷子的習慣，使他們容易拿筆，我想這是可能的。蒙恬造了毛筆，中國字體也由篆變隸，進了一大步，與甲骨文的粗細一致，大不相同。上面我說倒了一件事，似乎大家寫字，從執筆學會了拿筷，事實上是不可能如此，正因為拿兩枝獨立的竹枝，學得操縱筆管的方法，因此應用到筆法上去的。世界上用筷子的大約只有漢民族，正如那樣執筆的也只有這一民族吧。

## 牙刷的起源

　　《唱經堂水滸傳》七十一回，是金聖嘆假造的本子，說是施耐庵原本；有施氏自序一篇，也是他的假托。但裡邊有幾句話，很有意思，可見在金聖嘆的時候已是有的：「朝日初出，蒼蒼涼涼，裹巾幘，進盤餐，嚼楊木，諸事甫畢，起問可中，中已久矣。」這裡的所謂「嚼楊木」，就是現在的刷牙漱口，大約是唐時的佛教習慣。由中國流傳到日本，現在牙刷仍有「楊枝」之

稱，卻把剔牙籤叫做「小楊枝」了，在當初大概是兼有此用的。公元十世紀中源順編纂《和名類聚抄》，引用《溫室經》云：「凡澡浴之法，用七物，其六曰楊枝。」由此可見，「楊枝」之名其來已古了。但是這個名稱顯然是有錯誤的，正當的應當叫做「齒木」。唐朝義淨法師在《南海寄歸內法傳》內有說明道：

> 每日旦朝，須嚼齒木，揩齒刮舌。務令如法，盥漱清淨，方行敬禮。其齒木者，長十二指，短不減八指，大如小指。一頭緩須熟嚼良久，淨刷牙關，用罷擘破，屈而刮舌，或可大木破用，或可小條截為，近山莊者則柞條葛蔓為先，處平疇者乃楮桃槐柳隨意，預收備擬，無令闕乏。少壯者任取嚼之，耆宿者乃椎頭使碎。其木條以苦澀辛辣者為佳，嚼頭成絮者為最，粗胡菜根極為精也。牙疼西國迥無，良為嚼其齒木，豈容不識齒木，名作楊枝。西國柳樹全稀，譯者輒傳斯號，佛齒木樹實非楊柳，那爛陀寺目自親觀，既不取信於他，聞者亦無勞致惑。

照嚴格的宗教規矩來講，這區別確實應當訂正，但是在日本中國通俗用，楊枝楊木的名稱，也就可以了吧。佛教法「過午不食」，所以要使口中不留殘食，故有此習慣。金聖嘆說「進盤餐」之後，才嚼楊木，深得此意。後世的刷牙漱口，只是為清潔，因了牙粉的發明，刷牙剔齒的器材亦因之改變了。就文獻上記錄看來，在三百年前即是明末清初，似乎木製牙刷還是存在（但也說不定只是文人弄筆，偶用故典罷了），但近六十年的記憶，就不甚明了。我記得刷牙的習慣還是在庚子的次年，進學堂時才學得的。這其時「齒木」的舊習大約已斷，故而改稱牙刷，純從衛生上著眼，並無別的意思了。

## 澡豆與香皂

古時中國洗手，常用澡豆，在古書上看見，不曉得是什麼東西，特別是在《世說新語》見到王敦吃澡豆的故事，尤為費解。《世說》卷下〈紕漏篇〉中云：

王敦初尚主，如廁，見漆箱盛乾棗，本以塞鼻，王謂廁上亦下果，食遂至盡。既還，婢擎金澡盤盛水，琉璃碗盛澡豆，因倒著水中而飲之，謂是乾飯。群婢莫不掩口而笑之。

這裡說王敦有點像「劉姥姥進大觀園」，或者過甚其詞，也說不定。但可見六朝時候，一般民家已經不知澡豆了，大約在闊人家還是用著吧。不過說也奇怪，在唐朝的醫書上卻又看見，孫思邈的《千金要方》裡載有澡豆的方子，用白芷，清木香，甘松香，藿香各二兩，冬葵子，栝樓人各四兩，零陵香二兩，畢豆麵三升，大豆黃麵亦得，右八味搗篩，用如常法。看它多用香藥，不是常人所用得起的。六朝時或者要簡單的多，只是一種粉末，因為假如香料那末多，王敦恐怕也吃不下去了。這種洗面用豆麵中國似乎失傳了，但是流傳在日本，至今稱作「洗粉」，是化裝品的一種。不過我們在《紅樓夢》第三十八回，說大家吃螃蟹的地方，有這樣的話：「又命小丫頭們去取菊花葉兒桂花蕊熏的綠豆面子，預備著洗手。」這顯然是一種澡豆，可見在乾隆時還有人用，不過沒有這名稱罷了。

「香皂」之稱亦已見於《紅樓夢》。查《千金要方》卷六，列

舉別種洗面藥方，其中已有用皂莢三挺，豬胰五具者，但仍用畢豆麵一升，大約諸品和在一起，團成應用，則與北京自制「胰子」相同。三十年前店家招牌，有書「引見鵝胰」者，蓋是此物，當時算作上等品物。記得一筆記，記南宋事，皇帝居喪，特別用白木製御座椅子，有人入朝看見，疑為白檀所雕，宮人笑曰，丞相說近日宮中用胭脂皂莢太多，尚有煩言，怎麼敢用白檀雕椅子呢？其時皇宮裡尚不用「胰子」，卻用莢，亦是奇事。這大概是南北習慣之不同，北方用豬（鵝）胰，所以俗稱「胰子」，香皂亦稱「香胰子」。南方習用皂莢，小時候尚看見過，長的用鹽滷浸，搗爛使用。一種圓的，整個浸鹽滷中，所以通稱「肥皂」。但澡豆一名則早已忘記了。

只想緩緩走著，看沿路的景色

# 編後記

「周作人生活美學系列圖書」包括周作人先生《日常生活頌歌》、《我這有限的一生》、《都是可憐的人間》三本著作以及《枕草子》、《從前的我也很可愛啊》兩本譯作。此次出版，我們參照了目前流行的各種版本，查漏補缺，校正訛誤。重新釐出「人生」、「生活」兼及周作人「旁觀其他」的雜文主題，並重新擬定前述書名。這套書是從文學角度來閱讀周作人，不代表任何其他立場。請知悉。

在編輯《日常生活頌歌》一書過程中，考慮到作者生活所處年代，文章的標點、句式的用法、一些常用詞彙等難免與現在的規範有所不同，為保持原著風貌，本版未作改動。如「坐位」即為「座位」，「紀載」即為「記載」，「炳燭」即為「秉燭」，「書廚」即為「書櫥」，「出板」即為「出版」，等等。並且，在當時的語言環境中，「的」、「地」、「得」不分與「做」、「作」混用現象也是平常的。另，書中的一些譯文也與現在一般通用的有所不同。為尊重作者語言寫作習慣，本書均未作改動，請讀者在閱讀過程中，根據文意加以辨別區分。

編書如掃落葉，難免有錯訛疏漏，盼指正。

電子書購買

國家圖書館出版品預行編目資料

日常生活頌歌：得半日之閒，抵十年塵夢 / 周
作人 著 . -- 第一版 . -- 臺北市：崧燁文化事業
有限公司 , 2023.07
面；　公分
POD 版
ISBN 978-626-357-455-7( 平裝 )
855　　　112009219

# 日常生活頌歌：得半日之閒，抵十年塵夢

臉書

作　　　者：周作人
發　行　人：黃振庭
出　版　者：崧燁文化事業有限公司
發　行　者：崧燁文化事業有限公司
E - m a i l：sonbookservice@gmail.com
粉　絲　頁：https://www.facebook.com/sonbookss/
網　　　址：https://sonbook.net/
地　　　址：台北市中正區重慶南路一段六十一號八樓 815 室
Rm. 815, 8F., No.61, Sec. 1, Chongqing S. Rd., Zhongzheng Dist., Taipei City 100,
Taiwan
電　　　話：(02) 2370-3310　　傳　　　真：(02) 2388-1990
印　　　刷：京峯數位服務有限公司
律師顧問：廣華律師事務所 張珮琦律師

-版權聲明

定　　　價：260 元
發行日期：2023 年 07 月第一版
◎本書以 POD 印製